U0540622

中华先锋人物
故事汇

茅盾

飞出子夜的鸿雁

MAO DUN
FEICHU ZIYE DE HONGYAN

王一梅 著

党建读物出版社　接力出版社

图书在版编目（CIP）数据

茅盾：飞出子夜的鸿雁/王一梅著．—南宁：接力出版社；北京：党建读物出版社，2022.4

（中华人物故事汇．中华先锋人物故事汇）

ISBN 978-7-5448-7674-2

Ⅰ.①茅⋯ Ⅱ.①王⋯ Ⅲ.①传记小说-中国-当代 Ⅳ.①I247.5

中国版本图书馆CIP数据核字（2022）第045350号

茅盾——飞出子夜的鸿雁

王一梅 著

责任编辑：任国芳 郝英明
文字编辑：童小伟
责任校对：李姝依 王 蒙
装帧设计：严 冬 许继云　美术编辑：高春雷
出版发行：党建读物出版社 接力出版社
地　址：北京市西城区西长安街80号东楼（邮编：100815）
　　　　广西南宁市园湖南路9号（邮编：530022）
网　址：http://www.djcb71.com　http://www.jielibj.com
电　话：010-65547970/7621
经　销：新华书店
印　刷：河北鹏润印刷有限公司
2022年4月第1版　2022年4月第1次印刷
787毫米×1092毫米 32开本　4.75印张　70千字
印数：00 001—10 000册　定价：25.00元

本社版图书如有印装错误，我社负责调换（电话：010-65547970/7621）

目 录

写给小读者的话 ⋯⋯⋯⋯⋯⋯ 1

东栅的星空下 ⋯⋯⋯⋯⋯⋯⋯ 1

太爷爷的期待 ⋯⋯⋯⋯⋯⋯⋯ 9

跟着祖父练刻字 ⋯⋯⋯⋯⋯ 15

跟着祖父走街串巷 ⋯⋯⋯⋯ 19

启蒙老师 ⋯⋯⋯⋯⋯⋯⋯⋯ 29

一盏油灯 ⋯⋯⋯⋯⋯⋯⋯⋯ 33

走进立志学堂 ⋯⋯⋯⋯⋯⋯ 39

初展才华 ⋯⋯⋯⋯⋯⋯⋯⋯ 45

乌镇的春天 ⋯⋯⋯⋯⋯⋯⋯ 51

养春蚕	57
父亲的嘱咐	65
化解误会	73
徐校长的宽容	83
两位徐先生	89
童生会考	95
去往湖州府中学堂	101
购买《世说新语》	109
鸿鹄之志	115
从嘉兴到北京	121
以"茅盾"为笔名	131
书写时代	135
乌镇回响	139

写给小读者的话

茅盾先生写了许多书,而他小时候的故事,也像一本厚重的书,摆在历史的书架上,等着后人去阅读、学习。

茅盾先生原名沈德鸿,字雁冰,出生于浙江嘉兴的乌镇。在故乡,茅盾先生的童年和少年时光是什么样的?他的人生、他的梦想、他的志向,如何让乌镇成了"不一样"的存在?为了寻访心中的少年茅盾,二〇二〇年秋天的一天,我再次来到乌镇。

茅盾纪念馆位于乌镇东栅观前街17号。馆长介绍说:"茅盾先生出生在这里,他在这里生活了十四年,中间那三间平房是茅盾先生设计的,他用稿费托人进行了翻建。"

　　导游带领我走进故居贴隔壁①的立志书院，这是茅盾先生少年读书处，茅盾先生的求学之路从这里起步。

　　午后，我行走在乌镇长长的巷子里。石板路很长，纵横交错，巷子两边是木头门窗的老房子。有的房子用作店铺，店里飘出青团、酒酿的香味；有的房子还住着当地人，他们走路时大多保持着稳定的节奏。老街曾经的风风雨雨，在他们的故事里，不在他们的脸上。

　　老房子的后门是河流，和巷子平行，绕着古镇，小船荡漾在水桥边，和繁忙的城市相比，透着闲适的气息。

　　小镇外是田野，油菜花开，桑果红时，都如诗如画。

　　江南小镇，弥漫着悠悠岁月中的人间烟火味，是江南人躲不开、绕不过的乡情和乡愁。

---

① 贴隔壁："紧挨着"的意思。——本书脚注如无特别说明，均为编者注

是啊，茅盾先生童年和少年时代的故事，早已经刻在这片土地上，他的成长和故乡乌镇是密切相关的，他是乌镇的孩子，也是乌镇的精神标杆。在乌镇，我可以寻到他心中的梦，寻到他在特定的历史背景下对于故乡的回忆与牵挂。

乌镇之行给了我丰富的直观感受，加上对茅盾先生著作的阅读，对与其相关的研究资料的查阅，我心中渐渐建构起二十世纪初乌镇"一个名叫雁冰的少年"的成长轨迹。

故乡给予少年茅盾人生最初的力量，而鸿雁的腾飞则取决于他自身的内驱力。

他对现实、对时代一直保持深思，他从小心存高远志向，勇敢地拿起笔战斗。他认为文学可以用来"表现时代，解释时代，推动时代"，可以激励人心、唤醒民众。他挖掘往事的记忆宝库，祖父带领他走过的店铺，祖母卖掉蚕茧艰难度日的场景，父亲破碎的实业救国梦……在时代的天幕下，资本家、股票投机者、工人、地主、店主，还有农民都向他走来，他看见各类人的命运，写下他们的故事，留下时代的记号，发人深省。他坚信文学是思想启蒙的工具，他脚步沉重但坚定，他的天空辽阔高远，他始终向着光明的方向。

一个志向高远的少年，在历史的天空下一点点起飞，后来成为伟大的文学家和社会活动家。这就是他的人生故事。

当我写完这个故事的时候，我认为自己找到了不一样的乌镇、不一样的茅盾先生，这也是一次仰望，穿越，再次仰望的写作过程。

东栅的星空下

这支桨，有着木的心、水的魂，奔腾不息的河流是它一生的仰慕。在乌镇的清晨，它轻轻地划开水面，潺潺的声响惊动了水中倒影。

倒影在时光里慢慢凝成，属于怀旧的乌镇，属于临窗的河流、马头墙上空的星月，属于走过历史长河的川流不息的脚印。从新石器时代开始描画，从简笔涂鸦开始，古老的乌镇终于成了意味深长的水墨画。

乌镇是一座江南小镇，西邻京杭大运河，在嘉兴、湖州和苏州三市的交会之处。镇上有一个"十"字形的内河水系，把全镇划分为东南西北四个部分，当地人分别称为东栅、南栅、西栅、北栅。

镇上人家都沿河而居,房屋的一侧靠着河,南北流向的叫作中市河,东西流向的叫作东市河和西市河,家家都有桥通往水路。傍晚时分,河面波光粼粼,逆光里能看见摇来的老木船,像是船队里落单的那一个,慢悠悠靠近水桥。人从船上走下来,蓦然间看见不远处的渡口早已停满了黑褐色的木船,最后靠上来的老木船像是小镇黄昏里的那一声余音。

另一侧临街,相同样式的木屋连成一排,同样款式的土黄色的木窗,大多没有雕花,简简单单地传递着风和阳光。时光给木屋刻下褶皱,让老房子有了诸如等待、盼望和思念等意味深长的故事。

窗外,一条长长的石板路,晴天泛着日色,雨天泛着水光,嗒嗒的脚步声由近及远,往后的日子里,千里迢迢,年年岁岁,石板路的尽头是一世的牵挂。

坐在木屋门前的老阿爹,慢悠悠起身,戴好黑帽,沿着一条街走上一座桥,转身向镇西常春街后那棵古老的银杏树走去。一场大雨过后，银杏树显得生机勃勃。绿叶儿的味道伴着老黄酒的味道被风吹远，弥漫到乌镇的每一个角落。

乌镇的夏季，就在安静和纯净的光照里，不知不觉地来了。

门还是那道门，窗还是那扇窗，但一八九六年七月四日这一天的夜晚，中市与东栅相连的观前街十七号，一幢两层的楼房显得很不一样：白墙高耸，黑檐微翘，朝南临街，在江南广袤的星空下简洁清朗、古朴生辉。

这幢楼房的老主人沈焕（字芸卿）并不在家，他是个敢于闯荡的人，此刻正在千里之外的广西梧州担任"税关监督"的职务。身在外，心却惦着家中，他看见不远处一群燕子飞来，栖息在居所的屋檐下，心中突来莫名的喜悦。他正等待着鸿雁传书，送来他的孙子沈永锡家的好消息。

此刻的乌镇，古戏台余音已散，衣帽街、柴米街上的店铺都已打烊许久，镇区外桑树繁茂，桑田里纺织娘歌声一片，偶尔有猫踩踏了屋檐上的瓦片，发出细碎的声响。

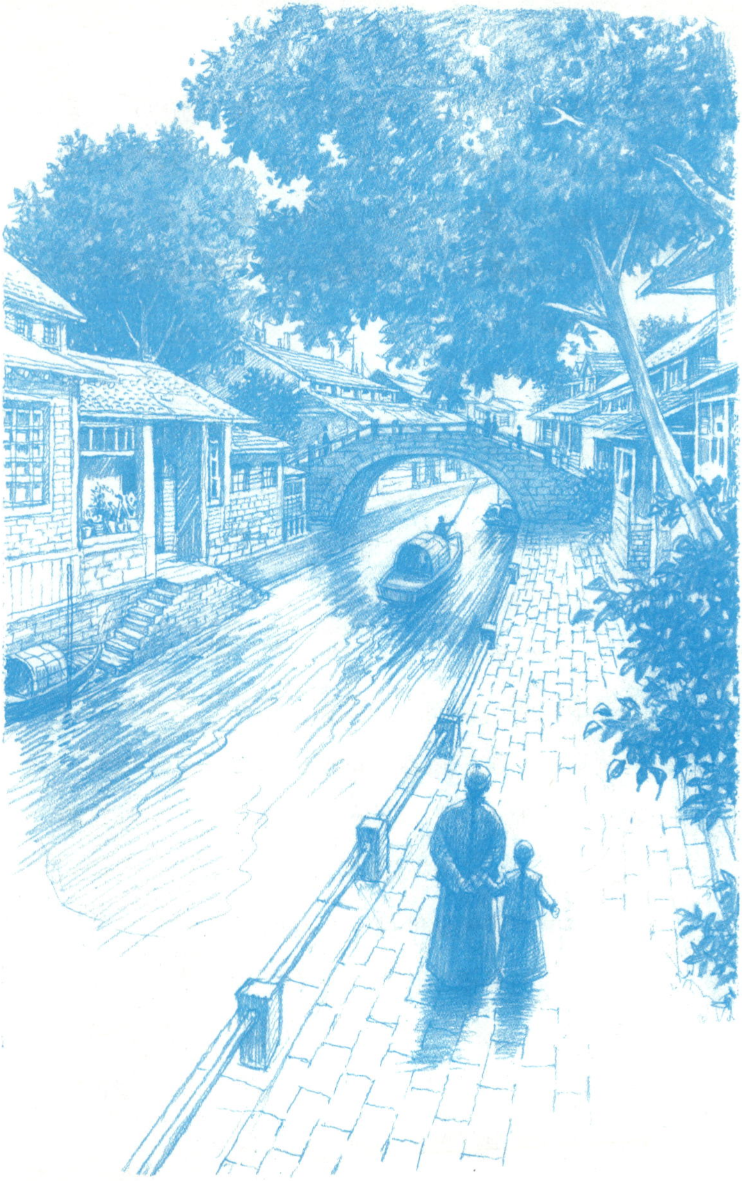

夜已深，马头墙上方泛着点点星光。

沈家东侧老屋二楼聚集了众多女眷，她们中有的端水，有的双手合十祈求一切顺利，大家急切又欢喜地等待着一个孩子降生。

一楼院子里，沈家老爷沈恩培正在吹着洞箫，他的箫声圆润细致，高音似笛，低音似钟，不急不缓地抒发着期盼的心情。

一楼书房中，沈家大少爷沈永锡正在摆弄着算筹①，并对照着看上海买来的数学书。

不久，楼上传来婴儿的啼哭声，洪亮、有力。整幢楼里的人都喜笑颜开。

啪！沈永锡丢下算筹，奔跑着上楼，却被一个丫鬟拦在楼梯口："恭喜大少爷，少奶奶生了个男小囡②。"

"男小囡？哈哈，我有儿子了。"沈永锡高兴得手舞足蹈。

沈家老爷沈恩培吹奏洞箫的声音也随之戛然

---

① 算筹：多用竹片制成，用于计数或计算。
② 囡：江浙方言，泛指小孩子。本书适当保留了当地方言。

而止，丫鬟奔跑过去报喜："恭喜老爷，倷①有长房长孙了。"

"好，好，好！"沈老爷更稳重一些，但也禁不住连连称好。

其实，沈老爷盼望孙子已经有些年头了。

儿子沈永锡十六岁中了秀才，二十二岁娶了儿媳陈爱珠，第二年才怀了宝宝。全家等这个孩子许久了。沈家老主人沈焕在广西梧州任上也多次来信问及此事，如今终于盼来喜讯。

丫鬟把婴儿抱出房间，抱到隔壁堂屋，先给祖母高氏看。

"恭喜大奶奶，是个男孩。大奶奶当祖母了。"丫鬟说。

大奶奶高氏事事自己动手劳作，儿媳陈爱珠生孩子，她亲自操劳，产婆、丫鬟都跟着她忙忙碌碌，照应得妥妥帖帖。

此刻，高氏听见自己当祖母了，不住点头。待婴儿抱到近前，她用手轻轻触碰新生孩儿的额

---

① 倷：方言，人称代词"你"。

头，眼睛看着孩子饱满的脸，欢喜得眼眶湿润，方方面面吩咐着："快，快去告诉亲家陈先生，他一定很高兴，让他赶紧来看看爱珠。对了，写信，给梧州的太公太婆写信，告知他们，沈家添了个男孩，叫太公太婆早点回家看看宝贝曾孙。"她说的太公太婆自然是千里之外的沈家的太爷爷沈焕和太奶奶王氏。

"儿啊，你也当阿爷了。快去看看爱珠，苦了她了。"她这句话是对大儿子沈永锡说的。

新出生的孩子长得清秀，眉目之间有父亲的气韵。女眷们高兴地收拾妥当，都放心去安歇了。

沈恩培和沈永锡父子俩忙着写信。

"来，上笔墨。"沈恩培对儿子沈永锡说。

"来了——"沈永锡知道父亲写得一手好字，定要写点什么，早就预备下了笔墨。

沈恩培在信中把孩子降生的消息告知了远在广西梧州的老父亲，还要请老父亲给孩儿取名字。

这一夜，普普通通的沈家老宅在江南水乡的

桨声灯影里焕发出新的气息，乌镇老街的马头墙上飞出了振翅飞翔的鸿雁，宁静的石板路上即将走出一位有志少年。这位少年在未来艰苦的岁月中，会成长为具有坚定革命信念、弥漫着生命张力的人。他，就是革命先驱、文学巨匠茅盾先生。

太爷爷的期待

不久之后,远在广西梧州的太爷爷沈焕的回信来了,信中表达了他和老妻王氏的祝福,还说今日官署内来了一大群燕子做窝,是个好兆头,曾孙就取名为"德鸿",字燕昌。

一八九七年底,太爷爷沈焕在广西梧州的三年任期已满,德鸿的降生更让他归心似箭,于是他准备带着老妻王氏和三女儿沈恩敏、四儿子沈恩增返回老家乌镇。

此刻的沈焕早已经从当年敢闯敢干的少年变成了见多识广、忧患意识极强的老人。三十多年,勤勤恳恳,任劳任怨,如今曾孙都已经出生,他终于要回到乌镇这个让他牵肠挂肚的地方了。

他想念油炸臭豆腐的香味，想念鼎元祥的白汤羊肉，想念东栅的豆浆和粽子，想念蓝印花、三白酒，当然更想念儿孙们，特别是想见见曾孙沈德鸿。

他们收拾了细软，辗转回到乌镇。此时的乌镇空气依然湿润，长长的石板路，悠悠的小船，悦耳的乡音，没有什么比和亲人团聚更让人心安了。最令人欢喜的是，他们一进家门就见到了曾孙沈德鸿，这个孩儿已经两岁，额头饱满，声音洪亮，眼神清澈地凝视着他。

沈焕沉思片刻，对一院子的人说："我们的燕昌改个字，把燕昌的燕，改成大雁的雁，希望他将来展鸿雁之志，如何？"

沈恩培觉得父亲改得好，回答道："《礼记》云'鸿雁来宾'，能否字为'雁冰'？"

沈老太爷一听，更合心意，满心欢喜，希望这个孩儿不负所望。

从此，茅盾先生名为沈德鸿，字雁冰。他的名字饱含了长辈的期望。

"少小离家老大回，乡音无改鬓毛衰。"沈焕全家四代同堂，终于迎来了久违的新年团聚。

七十多岁的沈焕终于悠闲了几日。他穿件青布长衫，戴一顶小黑帽，在乌镇的马头墙下漫无目的地走走看看，有时温一壶本地黄酒喝一个黄昏，看着日落，回忆往事，有时和小雁冰说说外面的事情。雁冰虽然年幼，却能点头回应，让沈焕心生安慰。这位老人期待着这样安居乐业、其乐融融的生活一直延续下去。

可是这一年已是一八九八年，在这个风云跌宕的年代里，树欲静而风不止。戊戌年的维新变法运动以失败告终，这次政治事件也影响到小镇，乌镇的鞋帽业、纸箔业、丝绸业、染织业都经营惨淡。

沈焕坐不住了，他跑到应家桥北堍①下岸去查看自家店铺的情况。这里和观前街形成了"丁"字形，是乌镇的热闹之处，沈家的泰兴昌纸店就开在这热闹地方。

这爿②纸店有两个开间的门面，店面朝东。门口摆着一张桌子，坐着一位刻字先生，姓傅，

---

① 堍：桥两头靠近平地的地方。
② 爿：商店、工厂等一家叫一爿。

他正低着头专心刻字。小镇上只有两家店里可以刻字，所以零零星星总有顾客来光顾。这时，印刷业已经在很多大城市兴起，但乌镇人却习惯了固有的生活方式——刻字、印刷、描红，纸店的经营虽然清淡，总算也能撑得下去。

沈焕老先生撩起长衫的一点点衣角，跨步走进店堂，柜台上的伙计连忙起身鞠躬，道一声："老太爷好。"

傅先生只管刻字，没抬头，他刻字是不愿意被打断的。

伙计想呼唤傅先生，沈焕摆摆手，径直往里走去，边走边问："我那儿子呢？还有我那侄儿呢？"

沈焕老太爷的侄儿是这个店里的经理，负责看管店铺，此刻不知道跑哪儿去了。

说话间，沈焕老太爷已经走进店堂的里间。里间是切纸间，有一个年轻伙计正埋头忙碌着。

这名伙计姓黄，叫妙详，负责店里的切纸工作。他切得认真，算得精细，分得巧妙，按照他的切割方法，纸张可以充分利用，一点儿也不浪费。沈老太爷看在眼里，不停地点头。

"嗯，好，你叫什么名字啊？"沈老太爷问道。

"回老太爷，我是黄妙详，奇妙的妙，详细的详。"黄妙详听见门口的同伴叫老太爷，便知道是沈焕老太爷来了。他平时说话经常黄王不分，但此刻认真起来，还是说得清的。

"好，好，好，这个名字好，大吉大利。"沈老太爷见黄妙详说话稳妥清晰，更是欣赏。他接着问："我那儿子呢？还有我那侄儿呢？"

"他……他们……"黄妙详不知怎么回答。

"唉，不为难你，我晓得，他们出去野了。唉——"沈老太爷摇着头，叹着气，他对大儿子和侄儿都不满意。

沈老太爷妥妥的是个劳碌命，回乌镇养老了，依然还要为店铺操心。

回到家中，沈老太爷对着老妻王氏嘀咕起来。他叹口气，说："我这个侄儿啊，是不牢靠了。儿子呢，是个乐天派，整天就知道写写书法。还有我们的大孙子，自己也当爹了，还像个孩子，整

太爷爷的期待　　13

天弄……弄那个微什么？对了，微积分，这个微积分不是比生意难吗？能搞懂微积分，怎么就弄不懂生意呢？"

王氏笑了："你啊，不要掰着手指头一个一个数落了，你老了，早晚要放手的。按我的想法啊，寻一个屁股坐得牢、脑袋拎得清的人来管。"

"嗯，你说得对。"沈焕觉得老妻的主意不错，他的眼前浮现出埋头切纸的黄妙详。这个小伙子给他留下了勤勤恳恳且聪明能干的印象。他轻轻一拍桌板，说："对，是他，是他，就他了。"

没过几天，黄妙详真就成了泰兴昌的新经理。

"要振兴沈家，我看，要靠我们的重孙雁冰喽。"让沈焕操心的是四代人。

两年后，一九〇〇年六月二十三日，雁冰的弟弟沈德济出生。沈德济，即沈泽民，他比雁冰小四岁。平静的日子里，这个孩子的降生又给沈家增添了新的希望。

同年秋天，辛劳了一生的沈老太爷离开了人世。太爷爷沈焕是沈家的核心人物，替一大家子人顶着一片天，他走了，儿孙们都沉浸在悲伤和迷惘中。

跟着祖父练刻字

一九〇一年九月七日,清政府在北京被迫签订了丧权辱国的《辛丑条约》,中国彻底沦为半殖民地半封建社会,中国人民处于水深火热之中。同时中华大地的仁人志士开始了拯救国运、复兴民族的爱国运动。

沈家创业的一代如潮水般退去,沈家老屋也比以前空寂了许多,静静地竖立在乌镇老街。日子还得一天一天过下去,沈家人节衣缩食,在当时的乌镇,大部分人家何尝不是如此?

但沈家并没有因此放松对孩子们的教育,雁冰的祖父沈恩培在家里办了一个家塾,教家中的孩子们读书。这些孩子包括他自己的孩子永钊、永锟、柔谊这几个永字辈儿女，还有四弟沈恩增家的儿子永钰，德字辈中有自家孙子雁冰，还有逐渐长大的泽民，也需要读书识字了。

沈恩培，字砚耕，年少时经历过岁、科两试，排在一等前列，还被录取为廪生[①]，可谓一切顺利，可他无心仕途，也不擅长经商，最爱的是书法。如今他已虚岁五十。在沈雁冰的眼里，祖父写得一手好字，他书写的毛笔字端正中透着一丝潇洒，清秀中透着淳朴，这正应了他的字：砚耕。

雁冰跟着祖父日日练字。有一次，他看见祖父把一幅"寿"字挂在墙上，反复看着。

只见这幅字上盖了几十个知府的印章，印章看起来大大小小，盖章的位置，既没有拉得很开，也没有挤得太紧，显得疏朗有致，雁冰觉得这幅字有一种说不出的美感。

祖父沈恩培意味深长地指点着："以小见大，以小见大啊。方寸之间，阴阳之变，温润古雅，跌宕生姿。欣赏印章，欣赏的是刻章人、盖章人

[①] 廪生：明清两代称由府、州、县按时发给银子和粮食补助生活的生员。

的心性。"雁冰也爱上了印章。他问道："祖父，我也可以做刻章人吗？"祖父点头道："好啊，篆刻艺术是一门实实在在的学问，不是雕虫小技。你要用心领悟，刻苦练习。"

雁冰觉得，这时候的祖父不再是老学究的样子，也不是坐在长廊边听小曲的样子，祖父是认真的、沉醉的，甚至是激动的。雁冰看着字的眼眸也从方寸之间延绵到远方，仿佛穿越了马头墙，穿越了长长的街巷。

从那之后，小雁冰开始练习篆刻。不久，他给自己刻了"雁冰"两字，刻得大有起飞之势。祖父沈恩培非常欢喜，把自己珍藏的一盒福建漳州八宝印泥送给了他。

生活的重担并没有改变祖父的性格，他的书生意气时时感染着雁冰。祖父始终葆有一份闲心，有时候给别人题个店名，有时帮忙写个对联，更多时候找人喝个茶，坐在乌镇街边廊下吹吹洞箫。在经济窘迫的岁月中，祖父对物质要求不高，全家有饭吃，能露一手才艺，四处溜达溜达，就心满意足了，真是个乐天派。

跟着祖父走街串巷

一日,家塾放假,雁冰问:"祖父,今日您不出门吗?"

祖父沈恩培哈哈大笑,对夫人高氏说:"瞧见了吧?不是我要出去,是我们的小孙孙想出门走走了。"

高氏笑着说:"雁冰啊,你可带好了祖父啊,不要等会儿回家,把祖父弄丢了。"

祖父一阵大笑,说:"雁冰啊,今天我们去叔祖家。"雁冰的这位叔祖就是祖父的二弟沈恩俊。

听说可以出去走走,雁冰非常开心。祖父对孩子们不严厉,读书玩乐之余,他更喜欢带着孩子们走街串巷。雁冰每次跟着祖父出去,总会有许多有趣的事发生。

一老一小出了家门，对门是陈家水果铺，铺子的主人有两个女儿和两个儿子。两个儿子分别叫阿三和阿四，都是老实人，每天在水果铺里卖水果。阿三力气大，常常做一些搬运的事。阿四胆小，做事认真些，看见烂掉的水果会一个一个挑出来。

"这橘子蛮好的，你为啥挑出来？"阿四的大姐长辫子阿秀从里屋出来，正好看见阿四挑出一个烂橘子。

"烂了，要丢掉。"阿四手一松，橘子落在一堆烂橘子里。

阿秀手快，马上捏起那个橘子，看了看，靠近蒂的部位是有一点点泛白和发绿。阿秀立刻把橘子翻过来放好，说："阿四啊，这么一点儿算什么烂掉了！喏，这样子摆一摆，不是什么都看不出来了吗？"

阿四有些委屈："看得出来啊，我都看出来了。"

阿秀说："你每天盯着看，买橘子的人没你看得仔细的。"

这一切小雁冰都看在了眼里。他快步走过去,对阿四笑笑,说:"阿四,你做得对,我也看见了,是有一个地方烂掉了。"

阿秀一直当雁冰是个小孩,没想到,这个小孩敢顶撞她。她看见雁冰坚定的眼神,犹豫了一下,但马上大声呵斥:"咦,你这个小孩子,眼珠子都掉下来了啊!橘子离你这么远,你怎么看得清?"

祖父走上前去,对雁冰和阿四点点头,把阿秀招呼到一边,慢悠悠地说:"阿秀啊,你听我讲一句,你糊涂啊,你爹做生意一直是讲诚信的,乡里乡亲……"

阿秀平日里大呼小叫,但遇到雁冰的祖父这样年长的读书人,顿时就红了脸,嘀咕着:"晓得了,晓得了。"然后她难为情地躲进了里屋。

阿四又拿起那个橘子,放进了那堆要处理的烂水果中。

雁冰笑了,冲阿四竖起了大拇指。阿四也笑了。

祖父拉着雁冰的手走在长长的观前街上，一边走一边说："雁冰啊，你做得对。这条街上都是小买卖生意人，都不容易，但是，要守住体面，就要诚实守信啊。"

据说这个水果铺子后来成了杂货铺子，《林家铺子》[①]写的就是这个铺子。

爷孙俩就这样慢悠悠往东逛，走上望佛桥，再向南转个弯，就到了东大街，沿着东大街走二里多就又到了东栅头。

东栅头的商铺少了，沿街多了很多人家，高大的马头墙显得错落有致，风吹来的时候，传来浓浓的酒味。

"沈老爷，您终于来了。哎哟，小少爷也来了。"一位穿着青布长衫的老人看见了沈恩培马上作揖打招呼，也照顾雁冰一起进去。

"笔墨可都准备好了？"沈恩培左手手心向上，假装是砚台，右手做出磨墨的样子。

---

① 《林家铺子》：茅盾短篇小说代表作，发表于一九三二年六月。以二十世纪三十年代的江浙农村为背景，描写一·二八抗战前后，江南小镇上一家小商铺的挣扎和破产经历，主人公林老板擅长做生意，苦心经营，但还是以破产告终。

"准备好了。安吉白茶先喝一杯，歇会儿写，这边准备了湖州的笔，歙县的墨和砚。"穿青布长衫的老人恭恭敬敬求字。

这位青布长衫老人是黄酒厂的老板，前门开了个黄酒店，走进去就是酿酒的作坊。这种前店后加工场的模式在乌镇比较普遍。

他请求沈恩培给黄酒店题副对联。

沈恩培早已经想好写什么，慢悠悠喝一口安吉白茶，吩咐道："雁冰，磨墨。"

"好嘞！"小雁冰赶紧给祖父磨墨。

沈恩培再喝一口，看看茶叶芽儿微微翻转，水慢慢变成黄绿色，再喝，满口芳香，味道却是清冽，布满了唇齿间。喝得舒畅了，沈恩培才撸起袖子。酒店老板在一旁等着，耐心极了，为了求得沈恩培的字，他等多久都愿意。

沈恩培蘸饱了墨，在砚台上舔一舔笔锋，举笔过头，再慢慢落下，挥笔题下一句诗：更怜家酝迎春熟。

"好——"一旁的黄酒厂老板和伙计喝彩道。

沈恩培再次举笔过头，又写下一句诗：一瓮

醍醐待我归。

"好——"喝彩声加上掌声再次响起。

雁冰记得这首诗,前几日祖父教过,是唐朝诗人白居易写的《将归一绝》:"欲去公门返野扉,预思泉竹已依依。更怜家酝迎春熟,一瓮醍醐待我归。"祖父题的这两句意思是:惦记家酿的酒在春天已经熟了,一瓮好酒等我回家。

黄酒厂的老板非常满意,递上一壶酒,沈恩培婉拒了,他的字不卖钱,只送。

沈恩培在黄酒厂喝完茶,又溜达一圈,领着雁冰回家去。

雁冰忽然问:"祖父,我们还去叔祖家吗?"

"这个……太晚了,改日吧。"沈恩培口中说到处逛逛,真的是逛到哪儿算哪儿。

他替人写字是家常便饭。哪家门口要写个对联,找他;哪家过年要写个福字,找他;哪家要题个店名,还是找他。他从不收取任何费用,有人喜欢他的字,他就十分满足。雁冰就这样跟着悠闲的祖父,行走在大街小巷,也算是时不时从家塾中跑出来透透气了。

跟着祖父走街串巷　25

雁冰家的斜对门有一家纸扎店，店名叫"锦兴斋"。这家店里有一个小学徒，叫郑顺荣，小名阿伍。他的师傅经常戴着铜边的老花镜在店门口做活儿，糊各种各样的纸屋、纸船、纸车，顾客买去在祭祀时用，寄托哀思。在那个年代，锦兴斋经常忙忙碌碌，店里的师徒俩人也经常一边糊着东西，一边说着闲话，手里做的是寄托哀思的纸扎手艺，嘴上说的却是张家长李家短，动作和神情不是一回事，但他们都习以为常了。

有一次，阿伍的师傅终于下决心关店几日。他要带着阿伍出门去，于是就请雁冰的祖父帮忙写个留言条贴在门上。对祖父来说，写个留言条就是大材小用，不过他很乐意，挥笔写下：有事外出，暂停三日。

阿伍拿了，贴好。

阿伍的师傅站在街上，退后一步看着，越看越满意，突然试探着问："小少爷日日练字，能否请小少爷也写幅字？"

雁冰看了祖父一眼，不敢随意显摆，但祖父却一口应承了。

雁冰并不胆怯，学着祖父的样子，撸起袖管，提起笔，写了一副对联。

阿伍的师傅一看，雁冰写的字，比起祖父的字自然是显得稚嫩，却已经透出大气稳重。阿伍的师傅由衷地喝彩："好字啊！长大定有出息。"

祖父点头微笑，心想：沈家的孩儿，果然有读书人的样子。

阿伍的师傅把祖孙二人写的字都贴在了门上。出门三日后，阿伍和他师傅回到店里，门上的字也没舍得揭下，一直贴着。

跟着祖父走街串巷的雁冰对街巷里的店铺和小生意人有了深刻印象，这也成为他日后写作的素材。

启蒙老师

在雁冰眼里,父亲和祖父是不一样的。

在家塾中,祖父教的内容是《三字经》《千家诗》这类书,父亲沈永锡却觉得这些内容又枯燥又无味,他对自己父亲的教学内容和方法都不赞同。沈永锡一向喜欢新学,如数学、光电一类。所以,他也常常去家塾给孩子们上课,他认为自己讲的内容很新,像《字课图识》《天文歌略》《地理歌略》等,孩子们一定喜欢。可是,偏偏雁冰对这些书没什么兴趣,这让父亲沈永锡常常叹气,他并不怀疑儿子的聪慧,然而兴趣这件事,勉强不来。

沈永锡并不放弃:他耐心地教儿子如何整理

书籍、文稿，还让他摘抄书中有关天文地理的内容，先是每天抄写四句，熟读、理解，再背出来，慢慢地就增加到十句，还时不时教他数学。一段时间下来，雁冰仍然没有兴趣，一副无精打采的样子。母亲陈爱珠看见了，就再一字一句讲一遍，母亲一解释，雁冰就记住了。于是父亲就常常让母亲陈爱珠教导儿子。

一九〇二年四月，蔡元培、章太炎等人在上海成立了中国教育会，从文化教育入手进行革命宣传。父亲沈永锡和好友沈鸣谦，还有卢学溥——雁冰的表叔，是祖姑母家的儿子，这三位志趣相投，常常聚在一起议论时事。一直到了秋天，省城杭州终于废除了八股文考试，改为考策论了。沈永锡和沈鸣谦原本不想去参加乡试，结果这两人自然名落孙山，卢学溥却考得不错，中了举人。不过沈永锡从杭州买回来很多图书，除了数学、光电一类，也替妻子陈爱珠买了《史鉴节要》《瀛环志略》和一些故事书。这在乌镇是引领时代潮流的事。陈爱珠读到有趣的故事，常常讲给雁冰和泽民听。

不久,沈永锡就病倒了,病一日比一日重。陈爱珠照顾沈永锡,端汤送药,无微不至。沈永锡知道妻子陈爱珠从小受过旧文学教育,通晓文史,病中不忘嘱托陈爱珠好好教导儿子诗文。操持家务和教育孩子的重任都落在了母亲陈爱珠的身上。

陈爱珠给孩子们读《古文观止》《幼学琼林》《楚辞集注》等,也读和乌镇有关的《昭明文选》。对于童年时代的雁冰来说,他读起来并不容易,但是在母亲的指点下,雁冰对这些古代经典著述很有兴趣。

陈爱珠也常常讲一些有趣的故事给孩子们听。

"今天给你们讲'三借芭蕉扇'的故事。话说唐三藏去西天取经,一路前行,遇到了一座火焰山。这时候,有一位长袍老者骑着毛驴经过,孙悟空就问了:'敢问公公,此时是秋季,为何如此炎热?'长袍老者回答:'此地是火焰山,没有春秋,只有冬夏。周围八百里寸草不生,想要过此山,就算是铜做的脑袋,钢铁的身躯,也要化成水。'"

"姆妈，火焰山在哪儿？"泽民问。他对算学、地理很有兴趣。

"在新疆吐鲁番，地处西北，传说中火焰山曾是一片火海。"

雁冰则不同，他对火焰山没什么兴趣，对于故事中三次借扇子的情节更有兴趣，对牛魔王和铁扇公主的人物形象也更有兴趣。

一盏油灯

日头落下去,雁冰给父亲换上母亲刚晒好的被子。父亲沈永锡风湿病越来越严重,渐渐地,手都不能动了,雁冰替父亲掖好被子,就给父亲端药。

"雁冰,去拿算学书来。"沈永锡习惯在晚上辅导儿子功课。

"爱珠,灯油加上了吧?"

父亲沈永锡说的灯是雁冰的曾祖母传下来的。雁冰日日在这盏灯下读书,母亲陈爱珠日日在这盏灯下缝衣服。

陈爱珠举着灯来到了床头。她早就把灯油加好,换了新的灯芯。不用丈夫说出来,她都能想得到。

她点亮油灯,翻开书,翻到昨天沈永锡教雁冰的那一页。

沈永锡点点头,很欣慰,又对雁冰叮嘱一番:"雁冰我儿,朝廷已经颁下诏令,废除了科举,八股文不考了。你要学好算学,算学好,根基就好,根基好,方能学更多新学,将来才能去留学,学成归来,报效国家。"

父亲沈永锡的话是勉励儿子要与时俱进,接受新事物、新观念,学好数理化。

雁冰也希望自己能够学好数理化,然而,他的兴趣始终在文学。

陈爱珠也常常在那盏油灯下给儿子们讲沈老太爷的故事——

> 这是太爷爷的油灯。你们的太爷爷,原是乌镇附近的农民,但他勤劳能干,早年靠节俭存下一点点本钱,在东栅开了一个小小的店,勉强维持生计。
>
> 三十岁那年,他只身去往上海,那是一

一盏油灯

个大城市,这个油灯,就是太爷爷刚到上海的时候买的。

这是雁冰第一次听说上海这个城市的名字,在油灯的映照下,幼年的雁冰眼里闪着憧憬。上海,这个陌生的地方,是乌镇前方的一片新天地。

"太爷爷去了上海,一个人也不认识吗?"雁冰问母亲。

"不会,不只是你太爷爷去了上海,乌镇好些人都去上海谋生活,大家会相互照应。你太爷爷机灵又实诚,到了上海之后,先是做了安记山货行的伙计。安记山货行的东家是宁波人,很看重他,就派他去汉口、天津、保定一带采办山货。"

"太爷爷去过这么多地方啊?"弟弟泽民对外面的世界也充满了好奇。

陈爱珠拿起剪刀剪去灯花,油灯的火光闪了一下,更明亮了。她继续说:"你太爷爷去的地方多,经历的事情也多。他去采办物品,每次都为东家节约,诚实守信,从不出差错,就这样,他得到了东家的信任。后来，东家带着他一起去汉口创业，太爷爷就成了副经理，东家更加信任他。再后来，东家回家养老去了，太爷爷就独立经营了，所以啊，诚实守信很重要。"

诚实守信，这既是太爷爷做人的准则，也是母亲的谆谆教诲。雁冰和弟弟都记在了心里。

"就这样，你太爷爷艰苦奋斗，用赚到的钱置办了家业，给我们全家安定的生活，这一切来之不易。"

陈爱珠也牢记家风传承，自己带头辛勤劳作，儿子们在油灯下读书写字时，她就在灯下纳鞋底、做刺绣。

当时，乌镇的店铺几乎都面临着危机，人们手头拮据，日用品以及纸张等的需求量在减少。随着印刷品的普及，泰兴昌纸店的生意更是越来越难以维持全家开销。

陈爱珠则动手缝制全家的衣服、鞋子，能省则省。她缝纫的衣服平平整整，服服帖帖；她制作的布纽扣正好三十二针，再绕上一圈，不多也不少。她既是受过教育有见识的女子，同样也能吃苦耐劳、勤俭节约、相夫教子、和睦亲邻。邻居们都称赞说:"有事找沈家大姆妈,总有办法的。"

这不,秋风乍起,她就早早把家中每一个人的棉衣拆开,衣服的夹套洗干净,衣服里的棉絮取出来,在每一件棉絮上一一贴上名字,再摊开晒干,等晒得又香又蓬松了,她再一件件做回棉衣。同样的棉絮,同样的夹套,没花一文钱,穿上去却又暖和喷香了。家中的棉被也同样晒得香喷喷。乌镇的太阳好像特别香,在清贫的日子里,这点温暖和香味也是生活中幸福的一部分。

母亲的言传身教深深影响着少年雁冰的成长。由于母亲的引导,他对文学的兴趣在温暖的油灯下油然而生。在雁冰的眼里,母亲既是慈爱的母亲,也是自己的启蒙老师。

走进立志学堂

一九〇三年,表叔卢学溥去北京参加会试,结果没有考好,落第而归了。

回到乌镇的卢学溥有了要在乌镇开设新学堂、传播新思想的想法。他是行动派,把祖父主持的立志书院改名为"国民初等男学",办成了一所新式学堂。因为大门上镶嵌的"立志"两字没有去除,乌镇人还是称之为立志学堂。

立志学堂原名叫"分水书院",旧址在乌镇北栅分水墩的西面。

一八五一年爆发了太平天国运动,太平军于一八五三年攻占南京,改名天京,作为都城。一八六四年夏,天京陷落,太平天国农民运动失败。在这场战争中，江南一带的损失特别惨重，人口大大地减少，乌镇的分水书院也在这场战争中毁于一旦。

动荡局面结束后，乌镇人心心念念要重建书院。太平军遗留下一幢房子，地处东栅观前街，占地一千平方米，于是乌镇人纷纷提出，这幢房子闲置着是浪费，不如物尽其用改成书院。这个提议得到了官府的批准，索性又拨一些银两，好好修缮。

四年后，一八六八年，书院建成。乌镇人早就想好了书院的新名字。在书院附近有一座张履祥[①]先生的祠堂，张先生有一句格言"大凡为学，先须立志"，乌镇人从中得到了灵感，改分水书院为立志书院。严辰担任了第一任山长[②]，后来就由卢小菊[③]接任。

---

① 张履祥：号杨园，人称"杨园先生"，《补农书》的作者，乌镇人很是敬重他。
② 山长：唐代、五代时对山居讲学人的敬称。至宋、元时书院设山长，讲学兼领院务。
③ 卢小菊：卢学溥的祖父，立志书院的第二任山长，在当地德高望重。

时间过得很快,一晃三十多年过去了。立志书院如今是一所新学堂了,向乌镇人传递新思想。

这让热爱新学的沈永锡非常欣喜,一九〇三年,他带着儿子雁冰,认认真真走进立志学堂的大门拜师去了。

雁冰家就在立志学堂的贴隔壁,但跨出这一步,对于八岁的雁冰极其重要。

他跟着父亲走进立志学堂大门。那一刻,他嘴唇紧闭,嘴角上翘,仰起头,目光清澈地凝视着前方,只见大门两旁端端正正地挂着一副对联,写着"先立乎其大,有志者竟成",他知道,这副对联是在勉励走进去的学子都要做有志向的人。

雁冰恭敬地鞠躬,良久,直起身。

随后来到小天井,雁冰没有发现老师,也没有看到同学,书香气却迎面而来。阳光透过一棵高大的桂花树,斑驳的影子投射到地面。侧前方有一堵墙,墙上有砖雕,上面刻着"立志书院"四个字。

中华先锋人物故事汇　茅盾

立志，立志，立志。雁冰在心中默念了三遍。

这时，传来一阵读书声："先立乎其大，有志者竟成。"

循着声音，雁冰走到了另一个天井，和这个天井相对的是两间平房，这就是上课的讲堂。有不少学生坐在里面读书。雁冰静静等在讲堂外。

"这是甲班，前一日已经来读书了，来了二三十个了。进去吧，孩子。"扫地的阿伯从雁冰身边经过，他介绍着。

雁冰看见一些比他高出一个头甚至好几个头的学生，觉得他们个个都比他年长。顺着他们的头顶望过去，讲堂上站着的，正是卢学溥先生。先生穿中式长襟，方正的脸上戴着一副圆形的窄边眼镜，阳光照在镜框上，闪闪发光。

雁冰对着先生恭敬地鞠躬，良久，直起身。卢学溥指引雁冰坐在前排侧面的位置。

这是雁冰第一次走出家门，走进学堂上课。他被临时分到了乙班。

初展才华

卢学溥名声在外,学堂刚开就来了五六十个学生,因此学生被分成两个班,大一些的学生分到了甲班,小一些的学生就分在乙班。年龄最大的学生,叫大平,已经二十多岁,都结婚了,也来报名读书。当时学堂里还有一位老师叫沈鸣谦,在乌镇的秀才中非常出色,也是父亲沈永锡的好朋友。

沈永锡对沈鸣谦十分看重,他特别恳切地请求:"鸣谦兄,我儿交给你教导,当前中国,唯有实业方能救国,我有报国之心,却无力实现,但愿后辈能发奋图强,学好数学、光电。"

沈鸣谦说:"雁冰如同我儿,我定会严格

要求。"

沈永锡对夫人陈爱珠说:"爱珠,以后泽民也要去立志学堂读书。鸣谦是有本事的人,能识半部《康熙字典》呢。"

陈爱珠也同意,她笑着说:"听说他一人能同时和四五人下棋,是真的?"

"这个我也没见过,不过他能下盲棋,棋盘都在脑子里,我甘拜下风。他棋艺确实高我一筹。"沈永锡和沈鸣谦有许多共同语言,有时一起感慨一下生不逢时,他们也都十分赞同维新运动提出的主张,并努力践行。

父亲将对数学和光电的期待,对新学的推崇,以及实业救国的人生梦想寄托在走进新学堂的儿子身上。雁冰的童年注定不是在玩乐中度过的,他背负着父辈们的期待开始了求学生涯。

不久,年龄最大的大平转到了乙班。雁冰注意到大平一直低着头,有着小小孩的腼腆,手指拧着长衫的衣角。他虽然已经二十多岁,但听不懂甲班的课,只能退到乙班,坐在乙班最后面的位置,一副心事重重的样子。

像大平这样年龄大的学生是独一个，但甲班听不懂课的学生不止一个。

卢学溥和学堂其他老师商议，关于分班，一方面要根据年龄，另一方面也要根据实际的学习情况。他们决定让所有学生都参加分班考试，不管是甲班还是乙班，都考同样的内容。考试结束，老师们分别和学生家长谈话，重新对学生进行分班。

分班的新名单贴在了立志学堂的墙上，红底黑字，十分醒目。同学们都挤在跟前看。雁冰挤了挤，没挤进去。

留在乙班的同学一声不吭地走了；从甲班分到乙班的同学居然有人欢呼，也有的同学哭着说不愿意去乙班；留在甲班的同学松了一口气，说了声"好"就离去了；最高兴的是从乙班升入甲班的同学，欢呼着跳起来，然后带着升班的好消息回家报告父母去了。

等这些同学都走了，雁冰走上前去，一眼就看见了自己的名字，在甲班。

"我，去甲班？"雁冰使劲地揉了揉眼睛。

"雁冰，你要去甲班了，这次考试你名列前茅啊。"雁冰身后传来一个亲切的声音，说话的正是沈鸣谦。他手里拿着一摞书，站在雁冰背后，面带微笑，看着雁冰。经过这次测试，沈鸣谦发现这个孩子具有研读国文的功底，而他教的是国文、修身、历史这三门课，自然对国文功底扎实的学生充满欣赏之情。

雁冰从老师的神情里听出了赞许，他开心地笑了。他想，病床上的父亲听见这个消息肯定会很高兴。

甲班有两位老师，除了沈鸣谦先生，还有一位是翁老师。

翁老师是从外镇请来的，主要教算学。他对学生的学习抓得很紧，月月都出卷子，检验学生的学习情况，以便调整自己的教学内容和方法。在他的眼里，雁冰的算学学得普普通通。

但在沈鸣谦的眼里，雁冰就与众不同了。

沈鸣谦循循善诱地对学生们说："不要觉得虚字枯燥，无论作何文章，想要生动、转折达意，不可不知虚字之用法，学好了《速通虚字法》，就可以帮助你们写好句子。不要觉得论说难，只要学好了《论说入门》，有何难？"为了让学生学得扎实，沈鸣谦要求学生每周写一篇作文，看学生用字是否精确，描述能否达意。雁冰每次都能出色完成。

有一次，沈鸣谦布置了一篇作文，是写史论，题目为"秦始皇汉武帝合论"。他出了题目，照例要讲解几句，教导学生怎样立论，怎样从古事论到时事。

从古事中获得启迪，进而评论今日的事，雁冰觉得非常有意思。他努力地"论古评今"，就这样，他写出来的作文得到了沈鸣谦的充分肯定。这让雁冰对史论有了兴趣。

当时还有一位教师叫张之琴，他也读了雁冰的文章，忍不住拍着雁冰的背，说："雁冰啊，我看啊，你将来能成个文学家，好好用功。"

此刻的雁冰并不知道未来自己会成为文学家，但立志学堂的老师们对他的鼓励深深地影响着他。

乌镇的春天

刚刚步入二十世纪的乌镇,暂时一派安静,在春天的复苏中,人们忙忙碌碌地为生计奔波。

雁冰家和其他乌镇人家的房子是连成一排的,马头墙挨在一起。出了家门口是巷子,很窄,很长。乌镇人家都是这样紧挨着居住的,房子和房子之间偶尔隔开一条窄路,形成无数"井"字形。异乡人走街串巷的时候估计要迷路,但对于本地人来说,这样挨挨挤挤住在一起特别有安全感。家家户户的门都是开着的,有小孩子的人家会用腰门挡一下,防止孩子乱跑。

乌镇人家房子的后门紧挨河道,后窗和对岸那家的后窗呼应,隔着河可以叫得应,但隔着河聊天的人不是很多，大家都习惯细声细气说话。

如果要去对岸人家，就要走过长长的街巷，翻过一座桥，再折回到人家门前。所以，乌镇的桥特别多，连着一条又一条街巷，走街串巷，上桥下桥，桥很重要。这些桥都是石桥，春天，石缝里长出青苔和狗尾巴草，还长出枸杞、构树、地丁草……有的石栏上雕刻着精美的图案——雁冰清楚地记得，有一座桥上刻了一张象棋图，坐在桥上可以悠闲地看着棋图下棋。

与街巷平行的是河。河比巷更长，也更宽敞，临河的一侧都是层层叠叠的条石，似乎是从土里长出来的，一直延伸到了水中，很坚固地护着河岸，形成坚实的"石帮岸"。石帮岸上有长廊，也一家连着一家，延绵向远处。石帮岸、房子和长廊的倒影，自如地留在河水中，构成一幅水墨画。这幅画刻在雁冰的脑海里，关于家乡的记忆中满满的都是水的灵动，长大之后的雁冰用心描写了一遍又一遍。

乌镇人依托着水和四周的田野，享受着和大自然和谐相处的生活。

"三月三，庙门开，乡下蚕娘烧香来，东逛逛，西转转，轧朵蚕花回家去。"每年的四月份，清明前后，河道里就船来船往了。乌镇的人登船解缆，即将启程；乡郊的农户则停船靠岸，前来卖货。家家户户的石帮岸都可以下船上岸，水路和陆路转换得非常自如。

农户们把自家种的农产品、养的鸡鸭、河里捕到的水产都带到集市卖。临河的人们只要吆喝一声，船就会摇到石帮岸边，不用出门也能买到新鲜的蔬菜、水产和鸡鸭。这时候，河流变成了第二条街。

"阿要①买菜花塘鲤鱼？"

"阿要买鳑鲏鱼？"

"阿要买昂刺鱼？"

吆喝声此起彼伏，卖鱼的大多数是农户，并非渔民，这个季节，河塘旁边浅水中就能捉到这几种鱼。

"要吃啥？"祖母高氏问雁冰。

---

① 阿要："要不要"的意思，表示疑问。

"鳑鲏鱼。"雁冰回答。

"傻孩子,鳑鲏鱼炖给猫吃,菜花塘鲤鱼最鲜,炖蛋很好吃,要不要买?"祖母高氏想着给家人弄点最时新的菜。

雁冰却指着不远处一条船上的昂刺鱼,说:"祖母,能不能买——那个?"

高氏望过去,看见船上有一个大门牙男孩,和雁冰差不多一般大。

大门牙男孩看见雁冰要买他的鱼,笑得咧开了嘴,露出了大门牙。他用手擦擦脸蛋,脸上顿时留下一道泥巴印,他马上就意识到了,用河水洗洗脸,这才慢悠悠撑船过来,靠岸。

"这个是昂刺鱼,长得像塘鲤鱼,不过不是塘鲤鱼,你看哟,这鱼身体长,还有两根须,你真是要这鱼?"男孩说得很清楚,怕雁冰看走了眼。

"我晓得,我就要买昂刺鱼,不要塘鲤鱼。"雁冰回答,他觉得这个乡下男孩很有趣,就想买男孩的昂刺鱼。

"还有荠菜要吗?我妹妹一大早去田里挖的。"男孩指着船上的一个篮子说。这些荠菜大小不一，叶尖上带点红色，一看就是野生的。男孩又补充一句："我妹妹没来，她还在挖荠菜。"

雁冰看了看祖母，祖母说："要，这个很新鲜，我们买，等会儿包馄饨，给你爹尝尝春天的滋味。"

"还有呢，还有鼠曲草，要吗？这个，不要钱。"大门牙男孩盯着雁冰的祖母问。

"要。你这孩子，灵活着呢。回家之前，再来这里，我做好的青团，给你几个。"祖母高氏说。

"嗯！"大门牙男孩用力点点头，又不好意思地冲着雁冰笑了。

四月的乌镇家家户户做青团，采摘新鲜的艾草叶或者鼠曲草，揉进糯米粉，放点豆沙，再加进去一些麦芽糖。整个乌镇都是青团的香味，细细分辨，能闻见田野里青草的气味。整个乌镇的巷子里都是糯、甜和香的，生活中有了青团，就又多了一些小小的幸福。

菜花塘鲤鱼、荠菜馄饨、青团……这些应着季节的小小的幸福，都是因为乌镇并非大城市，暂时还维持着表面平静的生活。

养春蚕

四月的田野,芳草萋萋,油菜花怒放,金色和绿色是主色调。河水里倒映着油菜花,好像金色流进了河里,田埂的小路上蚕豆花开成了紫色的一片,油油地散发着香味,蜜蜂忙忙碌碌。

不到一周,天气转暖,油菜花结籽。路边一人高的桑树郁郁葱葱。

乌镇周围的田野里长了好多桑树,这些桑树枝条粗壮有力,叶芽个个都饱满,那些芽见风就长,见雨就长,见光就绿。

雁冰喜欢在这个时候跟着祖母高氏去西栅的桑树田。这片桑树田是丫姑家的,祖母高氏出了点钱,买了丫姑家的一些桑叶。丫姑不肯收钱,但祖母坚持要给。

丫姑曾经是祖母高氏的丫鬟，但祖母事事都愿意亲自动手，还认丫姑做了干女儿，后来丫姑出嫁，祖母还给丫姑准备了嫁妆。

丫姑是干农活儿的好手。每年春天，丫姑都会拿着几张蚕种来找祖母，每张蚕种大约一尺见方，上面布满了比芝麻粒还小的褐色的蚕卵。等桑叶长到榆钱大小的时候，蚕种上的卵就有了动静，很小的蚁蚕从卵中爬出来，黑黑的，像小蚂蚁，昂着头，很饿的样子。

这时候，祖母就会拿着竹匾，把蚁蚕均匀地放在竹匾里，桑叶剪得细细的，均匀地铺在竹匾里。小蚕吃的桑叶要嫩，祖母要每天去北栅采新鲜桑叶，雁冰就总能见到丫姑，雁冰叫她姑姑。

"雁冰——雁冰——"丫姑家隔壁有几个孩子，他们一脚烂泥，满脸泥巴，跳着跑着来找雁冰一起去摸黄鳝。

雁冰很喜欢和他们玩，也常常弄得鞋子里全是水，衣服上都是泥巴。

祖母并不在乎雁冰弄脏了衣服鞋子，她忙着

把桑叶运回家。渐渐地，蚁蚕蜕皮了，身体开始变白。这时候桑叶就不需要剪成细丝了，直接撒在三张小竹匾里，小小的蚕"沙沙"地吃桑叶，直到把桑叶吃得只剩下叶脉。第二次蜕皮，蚕就白白胖胖了，三张小竹匾放不下，要换成三张大竹匾，每张竹匾的直径都有一米多；再分成九张大竹匾，这时就要架起木架子，每个木架子上放三层大竹匾，三个木架子，称之为三架，多的时候养六架。夜晚的时候，雁冰在祖母屋子里睡觉都能听见蚕宝宝吃桑叶发出的"沙沙沙沙"声，犹如春雨在绵绵地下。

这时候需要的桑叶更多，白天，祖母和丫姑要不停地采摘桑叶。

雁冰看见绿色的桑叶上有一些灰褐色的蚕，也就是野生的蚕宝宝，他忍不住问："祖母，这些野生的蚕宝宝吃掉了桑叶，为什么不捉掉它们？"

"这是柞（zuò）蚕，老天让它们在桑树上活，它们就有活着的道理。"雁冰的祖母是一个遵从四季轮回自然规律的人。

让雁冰没想到的是，阿三和阿四也来到了桑树田里，他们两个穿着大围兜，还每人背着一个大背篓。

原来是他们的姐姐阿秀让他们来采桑葚。阿秀家经营水果铺，在他们看来，桑葚也是可以卖钱的。乌镇到处都是桑树，大家只摘桑叶，桑葚落了一地，阿秀就让两个弟弟去摘，拿到乌镇以外的地方去卖，也可以卖不少钱。

就这样，阿三和阿四来到了北栅的桑树田。不一会儿，他们就采了不少，装在背篓里。

丫姑邻居家的一个红衣孩子看见了，他举着一根桑树枝，枝上有几片桑叶，桑叶上有好几条刺毛虫，对阿三、阿四说："怎么样，敢不敢捉刺毛？敢不敢？你要是敢捉，我家的桑葚都送给你。"

他用这样的方法吓唬过很多镇上人家的孩子。

平常孩子看见是刺毛，都会吓得跑了，不料阿三不懂害怕，他真的伸出手来捉刺毛。

"停，别捉！"雁冰大声叫停，"你不可以骗他捉刺毛。"

阿三愣住了。

红衣男孩一看，转身跑了，一边跑一边骂着阿三、阿四。

"快回家去。"雁冰替阿三、阿四收拾好他们的背篓，想要送他们出村口。

红衣男孩又回来了，还带来一个青衣男孩。这次红衣男孩拿了一根木头长矛，青衣男孩牵来一只大角羊，他们站在路边拦住了雁冰的路，一步一步逼近。

"这是我哥，你刚才欺负我了，现在，我哥来了。"红衣男孩说。

果然青衣男孩个子高，正攥着拳头呢。雁冰急了，回道："子曰：'君子无所争，必也射乎！揖让而升，下而饮，其争也君子。'"

"他叽里咕噜说什么？不理他，打他们吧。"红衣男孩对青衣男孩说。

红衣男孩和青衣男孩的身后传来了另外一个孩子的声音："不许打。"

"大哥。"红衣男孩和青衣男孩听声音就知道是大哥来了，侧身叫了一声，同时让出一条路。

养春蚕

"是你？"雁冰看见的，正是船上卖昂刺鱼和荠菜的大门牙男孩，他的身后还有一个拎着菜篮子的女孩。

"我妹。"大门牙男孩指着拎菜篮子的女孩说。

女孩梳着两个羊角辫，穿着红蓝大格子土布衣服，非常可爱地笑着。

"这就是我给你们说过的雁冰，你们吃的青团，是他祖母做的。"大门牙男孩说着。

原来，祖母给大门牙的青团，大门牙都分给了小伙伴们吃。

孩子们这下高兴了，他们围着雁冰。

青衣男孩说："哎，你叫什么？你刚才说的话是什么意思？"

雁冰解释说："我叫雁冰，我刚刚念的是《论语》，意思是，我们之间没什么好斗的。如果真的要斗，就要像比赛射箭一样，相互行礼谦让，再开始比赛，比完还要相互祝贺。"

红衣男孩愣了会儿，然后，行了一个礼，问："是这样吗？"

雁冰说："是的。来，阿三、阿四，我们要回个礼。以后再来，大家就不会欺负你们了。"

大门牙男孩有些羡慕地看着雁冰，然后说："读书真好。"

大家都不说话了。

大门牙男孩接着说："好了，大家听见了吗？要听《论语》的话，不，听雁冰的话。"

大家给了阿三和阿四很多桑葚，用行动表达了对阿三和阿四的歉意，阿三和阿四的围兜都被桑葚染紫了。

傍晚，在这芳草萋萋的田野，村里孩子挥手道别，红红的桑葚，很甜，也有点酸。这景象印在雁冰的脑海里，除了桑树田的美好和诗意，他也隐隐感觉到乡村孩子眼里的缺憾。

不久，祖母养的蚕要"上山"了。丫姑推着一车麦秆送给祖母扎成"山"。

几天以后，"山"上结满了白的茧、黄的茧。祖母摘下茧子，说道："茧子的价格一年不如一年了，好在雁冰的学费总算是有着落了！"

二三十年后，茅盾先生写了小说《春蚕》，讲述了江南蚕农的故事,这和他这段经历是分不开的,对蚕农生活的熟悉以及对蚕农命运的思考为他的写作提供了先决条件。他深刻地认识到,多数善良的农民,正被时代裹挟,被命运摆布,怀着对生活的期待,苦苦挣扎,而实际上却越来越陷入无法挣脱的困境。

父亲的嘱咐

有一天上午,雁冰陪弟弟玩捉迷藏,弟弟不知怎么闯进了家中的平屋,躲起来了。雁冰到处寻找都找不到,结果发现那间平屋的门好像开了。全家人平日都不去那间屋子,那里堆放着泰兴昌纸店里的东西,祖父和祖母偶尔会进去整理一番。雁冰几乎肯定弟弟是躲进去了。

"弟弟——"雁冰推开门。

门很轻,门把手是一个大大的铁圆环,暗红色,有些生锈,在木纹皱起来的门板上碰撞出嗒嗒的声音,雁冰一把捂住了,屋子里立时显得特别安静。上午的阳光斜斜地照进平屋,形成了一个梯形的光束,在光束中飞舞着细细的灰尘。

雁冰轻轻走进去,像是怕惊动了那些尘埃。停顿片刻后,他说:"别淘气,弟弟,这是祖母的仓库,东西弄乱了,祖父祖母会责备我们的。"

"哥哥——救我。"头顶上传来一个轻微的声音。

"弟弟,你别动。"雁冰顺着声音看过去,发现弟弟藏身在高高的木架子上,这个木架子原先是祖母养蚕用的,如今空出来了,泽民便爬到上面去了。而木架子上面,就在房子的半空中,还有一个小小的隔层,隔层上摆着一些藤箱,不小心一抬头,藤箱子砸下来,那弟弟就会被砸伤。

"弟弟,别抬头,往下,来,只能往下爬。"雁冰也爬上木架子,伸出手,引导弟弟爬下木架。

泽民探身往下,整个身体的重量都压在了雁冰身上。雁冰改用肩膀给弟弟做扶手。

"哎哟——"弟弟扑倒下来,上半身倒在雁冰身上,两只脚却踢到了木架子。

木架子倾斜了。

"快闪,弟弟!"雁冰抱住弟弟,滚到了屋子的另一边。

木架子瞬间倒下来，木架子上的藤箱从很高的地方落下来，重重地落在地面上。铺在地面的一块青砖碎了，藤箱里散落出来一些书籍。

雁冰和泽民松了一口气，雁冰这才发现，弟弟的脸上、头发上都是蜘蛛网。

再看那一堆乱糟糟的书籍，雁冰惊喜地发现了"宝贝"——这些书籍中居然有不少是旧小说。他赶紧翻开看，发现书中人物都是古代的穿着，面部表情和现代人非常不一样，显得僵硬和虚假，无论是画还是字都很差劲，不免又有些失望。翻着翻着，他又发现了几十张画片，所画的人物都是现代的。

"哥哥，这里还画着大刀，还有这个，这个是什么？好有趣啊。"泽民也被吸引了。

"这是大炮，这里是士兵。"雁冰发现这些画片断断续续，还有不少是重复的，至于画面想表达的到底是什么，他也没看懂。

不过他很快就发现了更大的宝贝。他翻了一阵，特别惊喜地拿起一本书给弟弟看："快看，弟弟,这是孙悟空。喏,这就是唐僧。啊,这里还有火焰山。"

原来这是一本《西游记》。平时他都是听母亲讲《西游记》的故事,没见过书,他也是第一次看见这本书,但一眼就认出来了。虽然这本书刻印得非常不好,很多地方模糊,还有的地方连成了一大片黑影。尽管如此,雁冰还是如获至宝。

"哥哥,这么多宝贝,是我发现的吧?"弟弟泽民笑着问。

"对,泽民眼睛最灵,不,鼻子最灵,放这么高,泽民鼻子都闻到了好书的味道。"雁冰摸了摸弟弟的头,"来,我们把这里收拾好,别让祖父发现,这里的东西可都是祖父的宝。"

但很快,雁冰、泽民偷看"闲书"的事还是被祖父他们发现了。

祖父笑呵呵地说:"我也不记得这是你哪位叔祖带回家的了,既然在我的仓库里,我做主,送给你了。"

听祖父这么说,雁冰松了一口气。

父亲对这件事情也有自己的想法,他找雁冰

好好地谈了一次话。

"这种书,印刷得太差了,你可别看。"父亲说。

雁冰心想父亲应该是又要提醒他多看算学和光电一类书,于是他一鞠躬回道:"父亲,我不是常常看,我会看《论语》。"相较于光电类书,雁冰觉得《论语》还是生动的。

沈永锡点点头,转身让雁冰的母亲陈爱珠拿出一部书。

这回,让雁冰大吃一惊:母亲拿出来的,居然是一本石印的《后西游记》。

父亲说:"雁冰啊,这书是我上次去杭州时买的,你拿去看吧。如果真的能把这类书看懂了,相信你的国文也会进步的。那些全都是图的书就别看了,容易让你只挑有趣的图看,而不会耐心看文字,也不会从头到尾认真去看了。"

雁冰真没想到,父亲对自己看"闲书"这件事,居然如此开明。他深深地感激父亲。

这部石印的《后西游记》没有插图,但文字描写异常生动,雁冰读的时候,能想象出动态的画面，犹如放电影一样。从这个时候开始，雁冰读书进入痴迷状态，自然而然养成了沉浸到一本书中阅读的好习惯。

然而父亲的病越来越严重，前来探望的亲戚们说："要不请人来驱驱邪吧？"沈永锡和陈爱珠夫妇对雁冰和泽民说："我们不迷信鬼神，我们只相信自己。"

又快过年了，母亲陈爱珠擦桌子，扫地，把家里家外弄得干干净净，家中并没有因为有病人而充满一股药味。全家人依旧安安静静过日子，夜晚油灯下，陈爱珠缝衣服，孩子们读书。

沈永锡半靠在床背上，看着这样宁静的画面，不禁想：这场景自然是最好，可惜我离大限之日很近了。爱珠贤惠，儿子们有她教导，我自然是放心的，然而时局动荡，生活困苦，要苦了爱珠了。

想到这里，他忽然唤道："爱珠，你给我拿笔墨来。我有事要吩咐。"沈永锡说这句话的时候从被子里起身，要下床。

雁冰赶紧过去扶着父亲坐定在桌边。

"雁冰，你去隔壁，照看弟弟。"沈永锡支走了大儿子。

爱珠取来笔墨，朝雁冰点点头。雁冰听从父母的话，退出屋子。

"爱珠啊，我这风湿病已经三年有余，你日日端水送药，苦了你了。"沈永锡略微停顿，声音沙哑，慢慢地说，"我拖累你的日子不会久了，今日，我要立下遗嘱。"

陈爱珠一瞬间心头阵痛，她忍住了眼泪，对沈永锡说："儿子们都还小，你要好起来。"

沈永锡点点头，又缓缓地说："我，生于乱世，得祖父、父亲庇佑，躲进书斋念书已是幸运。十六岁，考中秀才，前途坦荡光明，岳丈教我医术，母慈、妻贤、儿慧，我何其有幸！但生不逢时，我对科举失望至极，一心想东渡扶桑，学一技术，归来报效国家，无奈一病不起，壮志难酬。"

沈永锡说话时常停顿，非常吃力，陈爱珠几次想让他歇息，但他摆手示意继续。待说完，一阵剧烈咳嗽，脸色更显苍白。

陈爱珠只得去拿干毛巾,替他擦去虚汗。

沈永锡举起笔,似千斤重,他写道:"十年之内,中国恐将大乱,所以将来要进学堂学工艺,走实业之路。"

陈爱珠郑重点头。

一九〇六年夏天,沈永锡撒手人寰,留下十岁大儿子雁冰,六岁小儿子泽民。雁冰和弟弟泽民看见,母亲在父亲遗照的两侧一字一句写下挽联:幼诵孔孟之言,长学声光化电,忧国忧家,斯人斯疾,奈何长才未展,死不瞑目;良人亦即良师,十年互勉互励,雹碎春红,百身莫赎,从今誓守遗言,管教双雏。

从此,陈爱珠苦心养育两个儿子,她比以往更爱读书,还订了两三份报纸。晚上有时气管炎发作,难以入睡,她就独自起床点亮那盏油灯,在灯下看报,读到精彩言论,必让孩子们一起阅读。她的言行深深地影响了雁冰和泽民。

化解误会

父亲早逝之后,祖父沈恩培无心也无力经营泰兴昌,家中的日常开销成了问题。母亲陈爱珠的娘家人时不时接济一下,陈爱珠大多都拒绝了,母子三人勤俭节约,艰难度日。

雁冰放学后也不和同学玩耍,他要早早回家帮助姆妈做点家务事。

有一次学堂下课了,雁冰急着回家,大平叫住了他,他身边还站着一位胖胖的汪姓男孩——大家叫他汪汪。两个人站在雁冰面前,拦住了他的去路。

"你家就在隔壁,着什么急啊?"大平伸出手臂来拉雁冰。

"对,你要留下来,陪我们玩。"汪汪在旁边起哄。

雁冰挣扎着,一个躲闪,大平抓了个空,反而推倒了旁边的汪汪。

汪汪被推了一把,重心不稳,脚下一滑,摔了下去,结果摔在桂花树树根的围栏处。围栏是一圈砖,汪汪的手腕在砖上擦破了皮,还流血了。

汪汪当即哭开了。二十多岁的大平领着他,来到隔壁雁冰家,找到雁冰的母亲。

"你家雁冰推倒了小同学。"大平说。

当时,陈爱珠正在院子里编琵琶扣,院子里还有正在收菜干的小姑母柔谊。柔谊姑母赶紧拿来水,替汪汪洗手。

陈爱珠拿出一块布,一边替男孩包扎,一边训斥儿子:"你怎么还不懂事?放学了就赶紧回家啊,还要出去寻事。"

高个子大平说:"就是寻事,是雁冰欺负了汪汪。"

小姑母柔谊也说:"这雁冰怎么了?还真是不

懂事体，你这个当娘的，要好好教导啊。"

陈爱珠听到这里，不免生气，拿出一把尺，对雁冰说："伸手。"

雁冰一向是听话的孩子，但这次他是被冤枉的，于是大声地说："不要冤枉我，我没有。"

柔谊姑母说："没有什么？人家明明摔伤了，都流血了，你还抵赖啊？"

雁冰回答："我真的没有，是他们两个自己弄成这样的。"他一边说，一边逃出门外，逃到了大街上。

不料迎面撞上了老师沈鸣谦。

"雁冰，你跑什么？停下。"沈鸣谦叫住雁冰。他隐约听见隔壁沈家的动静，正要来看看。刚才学堂放学时，他看见大平和汪汪拦住了雁冰，看见他们摔了下去，又一溜烟跑出了学堂。

雁冰正委屈着，他向先生行了个礼，跑了。

他跑出去很远，跑过了一座桥，又拐进了一条街，跑到了乌将军庙。这位将军姓乌名赞，人称乌将军，是守城的大英雄，雁冰不由得放慢了脚步。

不远处有一棵参天大树，是乌镇最古老、最高大的银杏树，古朴苍劲，树龄有一千多年了，树身要三个人手拉手才能合抱。正值深秋，小扇子一样的银杏叶落了一地，树下是一片金黄，树顶反而疏朗起来，空气中弥漫着斜阳的暖意和流动的金色。古人有诗云："丛祠日暮鸦呼群，访古人说乌将军。将军遗迹不可见，一株大树撑青云。"讲的就是这棵树。

树下，一位白衣老人正在练剑，动作极其缓慢和沉稳，在一片透亮的金黄中弥漫着别样的历史感。雁冰忘却了委屈，坐在树下看老人舞剑。老人须眉皆白，衣衫也纯白，手中舞着的是一柄红缨木剑。

白衣老人停止了舞剑，走过来和雁冰说话："我不认识你，你应该是东栅的，不是西栅的。所以，你不一定知道这里的故事。"

雁冰其实知道一些，只是他知道一点点，不能不懂装懂，他点了点头，又马上摇摇头。白衣舞剑老人觉得这个孩子非常谦虚，兀自讲起了故事——

这里是好地方，好地方啊！乌将军，是乌镇的保护神。再往前，这里就是昭明太子读书处。昭明太子是谁啊？是南朝梁武帝的儿子萧统，喏，那里，五百米远处，就是昭明太子读书的地方。这位太子后来主持编撰了现存最早的汉族诗文总集《昭明文选》。据说昭明太子萧统刚出生的时候，就遇到怪事，他还是一个婴儿，居然右手紧攥拳头，几日都不张开。宫女们都没办法掰开，梁武帝自然十分担忧。

这时候，有位大臣建议："皇上，还是张榜招天下名医吧。"

梁武帝也没别的办法，只能张榜招贤了，言明谁能掰开太子的手，即为太子师。

当时，南朝大才子沈约见到榜文，就前去一试。他轻轻捧起太子的手，轻轻一掰，太子的手就张开了，真是十分神奇。梁武帝马上封沈约为太子师。

这个沈约有大学问,是乌程①人,他的先人墓就在乌镇。沈约每年清明都要回乡祭奠,还要守墓几个月。梁武帝很看重沈约的学识,怕太子萧统荒废了学业,就让昭明太子跟沈约一起到乌镇读书,所以乌镇就盖了一座书馆,即昭明书院。

太子萧统来到乌镇,看到江南小镇桃红柳绿,鸟语花香,便沉醉在游玩中。沈约是一个治学严谨的人,看见太子不认真读书,便给太子讲了一个故事。

雁冰听得入迷,没想到这位白衣舞剑老人故事中套故事,把乌镇的故事讲得如此精彩。他渐渐忘记了心中委屈之事,被老人的故事深深地吸引了。

白衣舞剑老人继续讲述着故事中的故事——

有一年冬天,沈约回到乌镇过年,经过乌镇的一座庙前,被一群百姓挡住了去路。

---

① 乌程:今浙江湖州。

沈约就吩咐轿子停下来，看到底发生了什么事。原来，昨夜庙里冻死了一个十多岁的小叫花子，他眉目清秀，面孔苍白，身体已经冻僵，手里还拿着一本书。他的父母很早就去世，无依无靠，白天沿街乞讨，夜晚就在庙里过夜。但是，他人穷志不穷，讨来的钱，除了买吃的，余下的都买了书，每夜在佛殿的灯下读书。可谁知道，冬天特别冷，寒冷夺去了他年幼的生命。

　　沈约把这个故事讲给昭明太子，昭明太子感动得流下泪来，下定决心，自己也要刻苦读书。

　　这位昭明太子虽生在帝王家，却能潜心读书。在他眼里，喧嚣与奢华微不足道，静心读书才是正道。

说到这里，白衣舞剑老人静默了。
这两个故事一个比一个打动雁冰的心。雁冰一肚子委屈早已抛到了九霄云外，银杏树的大气疏朗、昭明书院的书香积淀、白衣舞剑老人的娓

化解误会　79

娓而谈，让他心底里升起一股舒畅之意和敬仰之情。

天色已开始暗淡，他和白衣舞剑老人道别，踏着乌镇的石板路回家。只见夕阳沿着东栅的石板路，一点儿一点儿地走远，走到巷子的尽头，拐进另一个巷子，天色也越来越暗淡了。

雁冰回到家已经是点灯时分。

院中有不少人。祖父、祖母、小姑母柔谊、弟弟都在等他回家。还有一个人，这人正是老师沈鸣谦，只是没见母亲陈爱珠。

"沈先生——"雁冰上前行礼。

"雁冰，快，你的沈先生来了，可你母亲还在楼上，关闭了窗户。"祖母高氏说。

"不妨，我刚来，特意来说清楚今日之事。"沈鸣谦郑重地说。

陈爱珠最怕以她一人之力，教育不好孩子，对不起沈永锡的临终嘱托，因此在独自生自己的气。此刻，听说沈先生来了，她赶紧打开窗户，也看见了儿子雁冰。

"不知道沈先生来了，家里的事烦劳您这么晚了还过来。"说完，陈爱珠下楼了，"雁冰我儿，快给先生搬座椅。"

"不必，我说句话就走。今日之事，正巧我在场，确是大平和汪汪缠着雁冰，他们非要和雁冰一起玩，雁冰要回家，他们就拦着，结果自己绊了跤，还反诬告雁冰。我怕你们委屈了雁冰，特意来做证。"

陈爱珠有点意外，但她是高兴的，又问："我儿被冤枉，又为何不分辩？"

沈鸣谦回道："大嫂读书知礼，岂不闻孝子事亲，小杖则受，大杖则走乎？雁冰做得对。"

沈鸣谦的一席话，洗刷了雁冰的冤屈，也平息了沈家的一场小风波。

祖父沈恩培不断地说："雁冰，好，好啊。"

陈爱珠也释然了，并且雁冰并没有一脸委屈的样子，早已经是豁然开朗的表情。小小孩童心胸并不狭窄，并不计较，这让她欣慰。

夜灯已经次第亮起，街巷里晚归的人都回到了家。雁冰送沈鸣谦先生到巷口，灯光中，他望着先生的背影，心中充满了对他的感激和敬仰。

徐校长的宽容

一九〇七年,乌镇人沈和甫创办的中西学堂从东栅搬到镇内奉真道院,取名为乌青镇高等小学。徐振声任校长,他倾向维新,崇尚实业,与雁冰父亲沈永锡以及卢学溥、沈鸣谦等都是好朋友。他认为新学很重要,但国文也不可以偏废,还邀请很多国文底子好的人来学校担任国文老师。

当时这个学校是寄宿制的,这也是徐振声等人的办学新方法。

陈爱珠是一个思想观念很新的母亲,她愿意接受新事物,同时她也牢牢记着沈永锡的嘱托,一心要把孩子培养成懂得"实业"的专门人才,所以,她决定让雁冰和泽民去这个学校寄宿就读。寄宿就读的费用自然要高一些,家中经济上越发拮据,但陈爱珠暗暗下了决心,再难也要让孩子上新学堂。她一方面节衣缩食,另一方面和雁冰的祖母一起养蚕、种菜,还通过缝衣服、纳鞋底、盘纽扣补贴家用。

十二岁的雁冰已是意气风发的少年,他也很期待新学校,这将是他人生中第一次离开家人,去学校生活。他在自己房间的窗前种下一株天竹和一棵棕榈,这两种庭院植物生命力强,姿态美好,雁冰期盼着自己从学校回来,就能看见天竹结了红果,棕榈也长高了。从那之后,母亲陈爱珠一直用心照顾这两株庭院植物。

学校的生活是愉快的,校长徐振声是一个有趣且宽厚的人。

对化学这一类新学课程,雁冰也觉得有趣了一些。从日本留学回来的张济川老师会在教室里做各种有趣的化学实验,同学们觉得很新鲜,动手操作很有趣。化学试管和试剂引发的各种化学反应,使雁冰和同学们大开眼界,思维也活跃起来。就这样，小镇的学子心里被种下了科学的种子。

雁冰在这里逐渐长成善于独立思考，敢于发表自己见解的少年。

有一次，他和其他几位同学听教国文的周先生解释《孟子》，发现周先生错把"弃甲曳兵而走"一句解释成"战败的兵丁急于逃命，扔掉盔甲，肩背相磨，仓皇逃走"。他便站起来说道："先生，书上注释'兵'是'兵器'，不是'兵丁'。"同学们议论纷纷，课堂上气氛顿时热闹起来。

"是'兵丁'，不是'兵器'！你们这些小孩子懂什么？！我是中过秀才的。"老先生硬着头皮坚持自己的说法。这位周先生平日一直很威严，身穿藏青色长袍，手中总是拿着一把戒尺，他不承认自己错了。

有一位张姓同学站起来，指着周先生说："先生，你讲错了，你就应该下台，回家卖红薯去。"

周先生脸憋得通红，他挥起了手中的戒尺，高高举起，重重拍在课桌上，有些结巴地说：

"有……有……有辱斯文。"

雁冰是指出周先生解释错了，但那位张同学说话带着嘲讽，事情似乎变了味。

"先生就不能错吗？先生也可能会错的。"雁冰想替先生解围。

"我……我……我哪里错了？"周先生有些感激地看了一眼雁冰，但嘴上还是不承认。也许，这位老秀才还真的一直认为自己是对的，满心委屈。

他们的争辩声惊动了校长徐振声。

徐校长出现在教室门口，大家安静下来。周先生从藏青色长袍口袋里掏出一块柞蚕丝织的手绢，擦擦额头的汗。

徐校长说："同学们，安静。你们能争论，这很好，我们学校是自由的、平等的，课堂讨论是活泼的。不过，据我看，周先生说的——可能，我是说，可能——是一种古本的解释，是吧，周先生？"

周先生又擦擦汗，说："校长说得对，这就是古本解释，现在有不同解释，我这老朽愿闻其详。"

徐校长一鞠躬，对周先生说："先生辛苦了。"然后笑笑，转身离去，他的笑意让周先生舒了一口气。

后来这位老秀才到底有没有弄懂真正的解释，就不得而知了，但徐校长的和善、宽容和彬彬有礼给雁冰留下了深刻的印象。雁冰心想，自己指出错处，虽然是对的，但也应该向徐校长学习，所谓谦谦君子大概就是徐校长这般模样吧。

两位徐先生

还有两位教新学的徐先生,是兄弟俩,分别是徐承焕和他的弟弟徐承奎。哥哥徐承焕估计比雁冰大十岁,弟弟徐承奎大不了雁冰几岁。徐家兄弟出身书香门第,曾经也就读于中西学堂,是中西学堂的高才生,由中西学堂保送到上海进修。

一九〇八年春天,在上海进修了一年的徐承焕回到乌青镇高等小学当教师,大家叫他大徐先生。

大徐先生教体操。由于学校的设备简陋,他就挑一些不需要设备的项目来训练学生们。夏天早晨,大徐先生穿白色衣裤,腰间扎一根红带子，像一个杂技演员；冬天早晨，他在白衣裤里穿了棉衣，就像一个舞狮子的人了。他就这样每天带领同学们跑步压腿，压腿跑步。上体育课时，他仍然一袭白衣，教同学们练习齐步走、立正、稍息，以及向左转和向右转。

那位说让周先生回家卖红薯的张同学又来挑战这位大徐先生，他问道："先生，既然向左转了，又向右转，两相矛盾，两相抵消，又回到原地，你何必让我们做这样的无用功？"

不料这位大徐先生皱了皱眉，二话不说，踢了一下这位张同学的脚尖，喝道："立正！"又拍他肩膀，向下一压，喝道，"稍息！"然后，连续"立正，稍息"好几遍之后，他又问那位张同学，"怎么样？是不是矛盾？有没有意义？"

那位张同学没想到大徐先生脾气很大，一时不敢说话。

大徐先生这才缓缓地说："站，像一棵松；坐，像一口钟；走，像一只猫；跑，像一阵风；跳，像一只蛙；即使卧倒，也不可以像一摊泥。不站直，不会成才；不训练，不足以懂规矩。来来回回之间,学会的,就是好的行为。"

大徐先生的话在张同学听来,句句都是在批评他,其他同学却觉得特别有趣,有几位同学忍不住偷偷笑起来。

"笑什么笑?"张同学冲同学瞪一眼。

全体同学都大声笑了。

接着大家开始扛"枪"——其实是木棍,张同学扛得东倒西歪,同学们纷纷远离他,怕被误伤了。但往往这时,大徐先生会走上前去,耐心地为张同学扶正。

虽然体育课不是雁冰的强项,但雁冰还是喜欢这位大徐先生,他认为大徐先生内心纯正、朝气蓬勃,给人阳光的感觉。

等到上音乐课了,大家抬头一看,音乐老师竟然还是这位大徐先生。

此时的大徐先生身穿黑色燕尾服,戴红色领结,手里拿着一根指挥棒。体育老师化身为音乐指挥,同学们惊讶不已。

大徐先生在黑板上写下"黄河"两字,转身讲述道:"同学们,今天我们要学习歌曲《黄河》。黄河，中华民族的母亲河，发源于青藏高原巴颜喀拉山脉，黄河流域是中华文明最主要的发源地。黄河一路奔腾，所携带的泥沙冲积成肥沃的平原，我们勤劳勇敢的祖先就在这广阔的土地上斩荆棘、辟草莱，劳动生息。这首歌的歌词就讲述了黄河的故事，请同学们记录下来。"

大徐先生的讲述，立刻吸引了雁冰，他顿时进入了"天似穹庐，笼盖四野。天苍苍，野茫茫"的意境之中。

大徐先生给每人发下音乐课本，这首歌就在课本中。

大徐先生无限敬仰地说："同学们，今天你们拿到的音乐课本，是著名的音乐教育家沈心工先生编写的。《黄河》《男儿第一志气高》都是沈先生的作品。《黄河》是由杨度先生作词，沈心工先生作曲的，我们一起来学唱。"

接着，大徐先生开始唱《黄河》。大徐先生声音并不洪亮，甚至有些沙哑，但学生们都被悲壮、引人奋发的曲调吸引了。雁冰对歌词更是充满了探究的兴趣，他认真地抄录下歌词：

黄河，黄河，出自昆仑山，远从蒙古地，流入长城关。古来圣贤，生此河干；独立堤上，心思旷然。长城外，河套边，黄沙白草无人烟。思得十万兵，长驱西北边；饮酒乌梁海，策马乌拉山……

抄写完毕，他还是觉得自己不太懂歌词的意义。休息日回家，雁冰就去问母亲陈爱珠。

陈爱珠熟读唐诗，她回道："唐代皇甫曾写了一首诗，名为《赠老将》，有诗句云'白草黄云塞上秋，曾随骠骑出并州'。歌词中的白草当出自这个典故，用来描述黄河边一片荒凉的景象。"

"乌梁海、乌拉山又是什么地方？"雁冰有探究的习惯。

陈爱珠想了想，说："这两个地名我没听说过，估计是古代地名。"

还是在那盏闪着暖光的油灯下，雁冰和母亲一起吟唱着大徐先生教的《黄河》。他越唱，越是觉得这首歌气象辽阔，能把他的思绪带到广袤的远方；越唱，越是觉得这首歌是有魔力的，让他的内心生出力量来。乌镇的夜晚，宁静、温馨，深处小小巷子里的少年，生出一种浪迹天涯、策马扬鞭的豪情。这首歌，就像一颗种子，在少年雁冰的心里发芽。

对于乌镇少年，新疆本是很遥远的地方，岂料多年以后，雁冰因事业远离家乡，去往新疆，却滞留当地，竟错过了与母亲的最后道别，终身遗憾。

再来说说徐承焕的弟弟徐承奎，大家叫他小徐先生。他从上海进修回来之后，负责教代数和几何，是乌青镇高等小学最年轻的教员。他教的几何课本是《形学备旨》，这是一本初等几何教科书，是美国传教士狄考文等编译的，一八八五年美华书馆第一次出版了这本教材。但这本书无论是书名还是内容编排，或是数学符号的使用、白话文体的选择，又或是教学理念，都不同于其他算学书。尽管小徐先生讲课也是生动的，但雁冰对代数和几何的学习兴趣都不浓。

童生会考

母亲几次问及雁冰数学学得如何,雁冰都很沮丧。幸亏升学并不看重这个,所以,雁冰数学不好其实不影响升学,他的成绩依然名列前茅。母亲也慢慢放下了让他"学好理科"的执念。

母亲陈爱珠对雁冰"学好理科"的执念是一点点改变的。弟弟泽民的数学非常好,母亲想着总算有一个儿子学好了理科,将来可以去做实业,也算按照他们父亲的想法去谋未来了,这么一想,也就不怎么太逼迫雁冰学好理科了。还有一个特别重要的原因,就是当时的社会形势又有所变化,即使数学不好,也可以谋个工作,不影响生计,母亲也就不再坚持了。

雁冰也果然是不负众望。他非常刻苦,有一次因为夜里读书太晚造成睡眠不足,中午在学校午睡的时候,竟然发生了梦游。只见他眼睛半睁,像盲人一样四处乱撞,慢慢撞出教室,走到门口,还磕碰了一下,走路的姿势和平时并无明显不同。他一个人走到学校操场,又走到学校外面。周围的同学大吃一惊,不敢上前去惊扰他,但大家又怕他乱跑撞墙,只能偷偷跟在他身后,看他在门外转了一会儿,重新回到教室,又睡着了。然后一直到上课的铃声响起,他才慢悠悠醒来,开始上课。熬到下课,同学们围上去,问他记不记得梦游的事,雁冰一脸惊讶,他自己一点儿也不知道。后来,梦游的事情传出去,大家都说雁冰是一个刻苦学习的榜样,但母亲心疼不已,叮嘱雁冰学习很重要,身体更重要。

一九〇八年上半年,十二岁的雁冰参加了高等小学举行的童生会考。为了让会考更加有影响力,徐振声校长邀请了在乌镇有影响力的卢学溥来主持。考题为《试论富国强兵之道》,这个题目自然很顺应当时进步人士的内心期盼,但对于学生来说，是很难的。大部分学生写得不知所云，雁冰却写出了四百多字的论文，结语是"大丈夫当以天下为己任"。

卢学溥读到雁冰的论文，觉得此文心胸开阔，立意高远，遂大加赞赏。一向注重文以载道的卢学溥满怀激动地批注：十二岁小儿，能作此语，莫谓祖国无人也。

从此，沈雁冰的文章写得好在高等小学就出名了。雁冰也在这次会考中获得了莫大的鼓舞，越发地爱上了写作。

在乌青镇高等小学最后一个学年，也就是一九〇九年上半年，他就写了三十多篇作文，一万六千多字，用掉了整整三个作文本。作文本是用当时流行的那种淡黄毛边纸线装制成，长二十五厘米，宽十五厘米，和现在的语文课本差不多，宽度要略微窄那么一点儿，封面用黑色空心毛笔字写着"文课"两字。打开作文本，里面是空白的，没有线条，也没有格子。他用小楷写的作文，每一行都写得很直，字迹非常清秀、俊逸、洒脱，很有祖父沈恩培的风范。他还在作文本的扉页上标注了"己酉"两字,正是一九〇九年。

他写的作文有《论日食》《谈卫生》《登寿圣塔记》等,以史论为主,兼有人物评论、时论,还有少数的散文和古语解释。这些作文大部分表达了忧国忧民、扶正祛邪、立志自强和企图除旧布新的想法。其中有一篇文章,题为《文不爱钱武不惜死论》,开头是这样写的——

呜呼!上下隔阂,弊害中起,钱可通神,生者以死,生死之机,在长官之嗜好,此乃当今文员腐败之象也;老弱病羸,虚张声势,一旦有事,则闻风思窜,临敌退后,此乃当今武将腐败之象也。

结尾是这样写的——

总之,爱钱惜死,有以移其天性耳。昔岳武穆有曰:文不爱钱,武不惜死,天下太平矣。曾以文不爱钱,则朝野清明;武不惜

童生会考

死，则御边有方，天下之安可决矣。然爱富憎贫，贪生怕死，人情也；而况四方来献，两军对敌哉！然受君之禄，报君之恩，如宋之包孝肃、岳武穆，唐之陆贽、张巡、许远，明之史可法、郑成功，诚不世之人也。欲在文无卖官鬻爵、重赋繁役之官，武无私和敌人、临阵后退之官，而天下亦稍稍太平矣！

这些文章写得很长，中间还有许多精彩描述，以古论今，洋洋洒洒，令老师们大加赞赏。很多老师都来评几句自己的想法，大多是不惜赞美之词的。有一位老师给的评语是"有如水银泻地，无孔不入"，赞扬了文章的潇洒和缜密。还有一位老师给的评语是"此子必成大器"，赞扬了写作者的心志高远。

的确，少年雁冰习惯于思考，并用文字表达自己的思想。他分析问题周全，文采斐然，格调高尚，显露了少年的不凡器宇。

一九〇九年暑期，十三岁的沈雁冰以优异的成绩毕业于乌青镇高等小学。

去往湖州府中学堂

十三岁的沈雁冰从乌青镇高等小学毕业了,他人生的下一段旅程将去往何方?

按照祖母和柔谊姑母的想法,时局动荡,家中拮据,作为长房长孙,雁冰应该去家中的泰兴昌纸店做学徒,将来接管纸店、振兴纸店。

街坊邻里劝陈爱珠送儿子去杭州读师范,因为师范学校免收食宿费,一年还发两套校服,毕业后也不愁工作,可以直接去当教员。

雁冰知道家中经济拮据,他愿意接受母亲的安排。

但母亲陈爱珠记得雁冰父亲所托,记得他"长学声光化电,忧国忧家"的志向,她为雁冰选定了离家较近的湖州府中学堂，也就是后来的省立第三中学。这个学堂成立于一九〇二年六月，有许多名师任教。

一九〇九年九月，十三岁的雁冰离开乌镇，前往湖州。这是他第一次离开乌镇到百里以外的地方去求学，要坐小火轮才能到达。

小火轮并不是火车，相反，是水中航行的轮船，只是靠一个"小火轮"发动，再绑定一艘木制客船。

临别之际，母亲陈爱珠带着泽民一起到码头送行。她心想：孩子长大了，要飞出乌镇了，往后的日子，这样的分离会越来越多。这么想着，泪水在她的眼睛里打转，她不想让儿子们看见，悄悄地用衣襟抹去。

泽民说："哥，你去的地方，我也要去。"

雁冰回道："泽民，你一定可以，你会去到更远的地方。"

母亲说："你们都会去更远的地方，去外面看看，学点本事，但别忘记，乌镇是你们的家。"

孩子们点头。雁冰和母亲、弟弟挥手道别。

他登上小火轮。小火轮渐渐驶离了乌镇码头，激起的水花溅到船板上，雁冰的鞋子有些湿了，他的眼睛也湿润了。他看见母亲和弟弟还站在码头，母亲还在挥着手。

直到看不见河岸，看不见亲人了，雁冰才在客船上的板凳上坐下。

船舱并不太宽敞，但比摆渡船宽敞许多，也比摆渡船快许多。噗噗噗——小火轮慢慢前行，在不经意间，汽笛长鸣一声，湖州到了。

湖州是一座有两千多年历史的江南古城，紧邻南太湖，湖上碧波荡漾，渔帆点点，芦苇随风摇摆。这里的水中长了许多菰草，所以在古代称之为"菰城"。后来，由于紧靠太湖，这里改名叫湖州了。这里的蚕丝、茶和湖笔都非常出名。

对于少年雁冰来说，湖州是一个新的广阔天地，不仅有许多名人，他还听说湖州的学堂中有著名学者在任教，雁冰自然非常向往。他一入学就被安插在二年级读书，随后，他在湖州府中学堂开启了难忘的学习生涯。

茅盾

校长沈谱琴，当时三十多岁，长得壮实，中过武举，在当校长前喜欢练武和跑马，力气很大。据说学校有一个日本来的体育老师，自以为力气很大，从背后偷偷去推沈谱琴。结果沈谱琴纹丝不动，转身踢翻了一个埋在地里一半的石鼓凳。日本老师也去踢，却踢疼了自己的脚，随后又去推石鼓凳，又发现推都推不动，这才羞愧地跑了。围观师生都拍手欢呼。这位沈校长思想开放，接二连三邀请名人来学校讲课，总能给学生创造接触新事物、获得新思想的机会。

文学修养极高的杨笏斋先生担任国文课老师，负责教学生写骈体文。杨先生给学生讲课时介绍，明末江南的文社"复社"，就在离湖州很近的苏州尹山湖一带，他们关注社会民生，同情百姓疾苦，揭露权奸宦官。杨先生还曾用复社首领张溥编选的《汉魏六朝百三家集》来教学生。

杨笏斋先生还大大地称赞庄子，说庄子的文章如龙在云中，有时见首，有时忽见全身，夭矫变化，不可猜度。他不喜欢墨子，说墨子的文章简直不知所云，大部分看不懂。他读书颇为清高,训导学生"书不读秦汉以下,骈文是文章的正宗;诗要学建安七子;写信拟六朝人的小札;举止要风流潇洒;气度要清华疏旷"。当时的雁冰听了,一方面佩服先生的学问,另一方面也悄悄地在课余读自己喜欢的小说。

好在杨先生的性格其实是潇洒的,就像他的头发,左耳边有一缕长发,被杨先生沿着头顶贴到了右耳,又常常随风飘扬,发尾在空中不知道去哪儿,好不自由的感觉。杨先生上作文课和头发一样随心所欲,他最不喜欢命题,经常让学生自由发挥。

雁冰觉得自由发挥很好,和自己很对路。有一次,他写了一篇题为《记梦》的骈文,大致内容是自己到了外祖母家,外祖母笑盈盈拿出好吃的,却被外祖母家的宝姨半路拦截,并且拿出一副对联要考他。他自然也不怕被考。只见宝姨的上联是"万事福兮祸所伏",下联是"百年力与命相持"。宝姨让雁冰指明上下联的出处。雁冰指出,上联是出自老子的《道德经》,而下联则是出自列子的《力命篇》。宝姨又问他:"你这

'命'字，怎么解释啊？这个'力'字指的又是什么呢？"雁冰梦中答不上来，很纠结，对宝姨说，自己要去问母亲。宝姨说，自己动脑筋，别什么事都要问母亲。就在这时候，外祖母来叫雁冰去吃西瓜，雁冰就要去找外祖母，谁知被宝姨一把拉住，往里屋跑去，结果害雁冰在门槛上绊了一跤，梦也就醒了。

其实习作中写梦是很平常的，说这篇文章一般，忽略过去，也大有可能，但是杨先生不这么认为。他觉得，雁冰这篇文章写到梦境不足为奇，但梦中出现的对联不错，还都有出处，这充分说明雁冰的国文基础是很不错的。一个十几岁的学生能写出这些，说明这位学生的阅读面广，有潜质，杨先生非常欣赏这样的学生。雁冰受到赏识，更加增强了写作的信心。

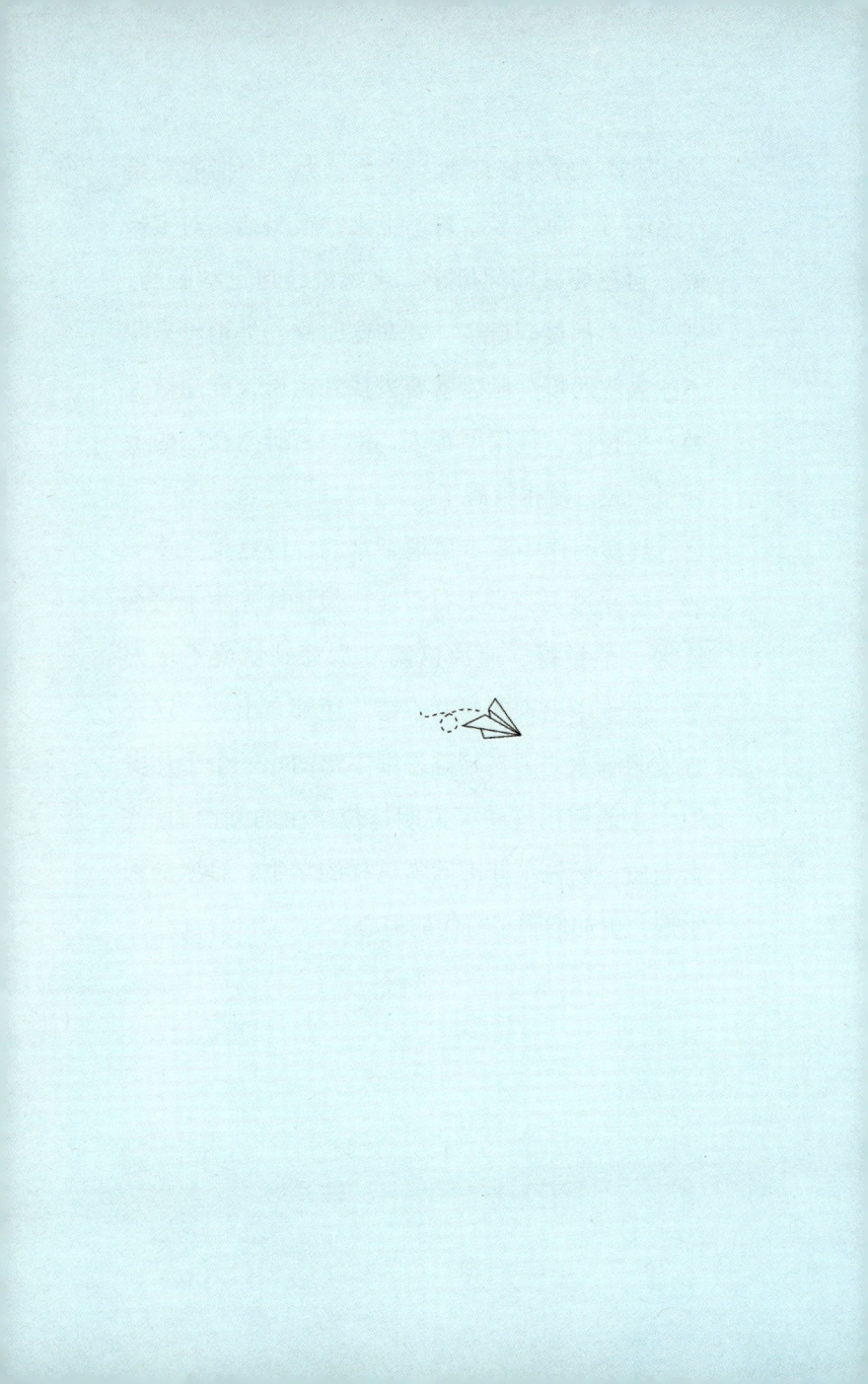

购买《世说新语》

在湖州府中学堂，雁冰还遇到一位对他产生深远影响的先生。这位先生名叫沈尹默，是著名学者、书法家。他的书法作品闻名遐迩，写的文章也很有名，其中有一篇《秋》，是这样写的——

秋风起，一日比一日恶，天气渐渐冷了，树叶渐渐黄了落了。

红的，白的，紫的，黄的，绿的，粉红的，满庭院都是菊花。没有蝴蝶来，也没有蜜蜂来，连唧唧的虫声也听不见了；那各色的花，它们都静悄悄地各自开着。……

这位沈先生的文笔是简洁中带着雅致的。这篇文章结尾处更让人回味：

> 白蓼花、红蓼花，经了许多雨，许多风，红的仍旧红，白的仍旧白，不曾吹折它的枝，洗褪它的颜色。

白蓼花、红蓼花在湖州是随处可见的野花，秋日盛开成一地，有着浓浓的乡野秋意，经过沈先生一番简洁描绘，风雨中的花朵显得意味深长。

雁冰对沈尹默先生的书法和文章都非常敬佩。他也喜欢湖州府中学堂的同学。

一九一〇年春，雁冰在学校的走廊里认识了一位四年级的朱同学。当时，这位朱同学正在走廊的石桌上刻着一方石料，这勾起了雁冰的回忆，他想起祖父的那幅"寿"字，字的周围盖满图章，有种莫名的美，想起祖父给他讲篆刻的基础知识……而今，朱同学篆刻的姿势那么迷人，这又勾起了雁冰对篆刻的兴趣，他决定向朱同学学习。这位朱同学原本不愿意教人篆刻，但雁冰坚持，朱同学摇摇头说："好吧，我只能教你了。来，向我磕个头。"

雁冰真的磕了一个头，算是拜了一位小先生。他和这位朱同学一口气刻了许多枚图章，一个一个盖在作文本上。杨笏斋和沈尹默看见了，不但没有责怪他们，反而还表扬他们。特别是杨笏斋，他非常欣赏雁冰刻的"醒狮山民"的章，他认为，从"醒狮"二字看得出雁冰小小年纪就有志气，从"山民"二字能看出雁冰的性情，他对雁冰大为赞赏。

湖州府中学堂的生活是丰富多彩的。六月五日，南洋劝业会在南京正式开幕，时间很长，要一直延续到暑假后。在这次展览会上，湖州的"梅月牌"和"梅花牌"湖丝都获了奖，湖州人都觉得特别光荣。所以，沈谱琴大胆策划，他要组织全校两百多名师生一起去南京参观劝业会的展览，这是一次很浩大的全校活动。

雁冰省吃俭用了好些日子，凑够了买火车票的钱，就在他要和同学坐火车出发的前一日，收到了母亲给他寄来的一些零花钱，还有一封信。信中，母亲告诉雁冰，第一次去南京，身边要带一些钱，但要小心别弄丢了，看见喜欢的东西就买。雁冰很诧异，远在乌镇的母亲怎么会知道他要去南京？他也深切地感到，儿子虽已远行，母亲的心却一刻都不曾离开过儿子。

同学们都是第一次到南京，显得有些兴奋，大家忙得不得了，有的去访明孝陵，有的去探古城墙，雁冰却喜欢去书坊寻书。这次寻书很有收获，雁冰寻到一本《世说新语》，翻阅了几页，毫不犹豫地拿出母亲给他寄来的钱买下了。

回到湖州，雁冰开始细细读《世说新语》。他发现《世说新语》是一本笔记小说，记录了当时文人志士的一些逸闻轶事，还有一些言行，寓意深刻。故事中的人物栩栩如生，长相、言谈举止都很生动，活灵活现。写故事的方法有时候前后对照，有时候举例来对比，有时候又很夸张搞笑；语言也特别简洁，还有许多特别生动的词语，比如难兄难弟、拾人牙慧、咄咄怪事等，这些词使得全书绽放出无限光彩。雁冰如获至宝，反复读,反复琢磨,用心领悟。从南京回来后的很长一段时光中,雁冰把课外时间几乎都用在了阅读这本小说上。

小说,在他眼里充满了光彩陆离的魅力,代表着鲜活、多彩和豁然开朗。

鸿鹄之志

不久,雁冰又遇到了对他影响深远的两位钱先生。

第一位是钱念劬先生,他曾经在中国驻日、俄、法、意、荷等国的使馆任职,后来又担任浙江图书馆第一任馆长。他是湖州人,偶尔要回湖州住一段日子。校长沈谱琴可是一个乐于创新的人,他知道了这件事,居然抓住了这短暂的机会,邀请钱念劬先生来学校教导学生。可是,钱念劬这样德高望重的长者真的会到一个中学来吗?即使来了,该让他担任学校的什么职务呢?沈谱琴想了想,又想到了一个好办法,那就是自己不当校长了,请钱念劬先生代理校长一个月。

受到邀请的钱念劬先生也就答应了。于是，钱先生体验当校长的日子就开始了。

他首先指出，教英文的教师水平不够，提出了新的要求。英文教师很不高兴，耍起脾气，不去学校上课了，心想：看你这个临时校长怎么办！

钱念劬先生得知消息后愣了一会儿，摇了摇头说："看不见自己的缺点，脾气还不小，孺子不可教也。"他决定另外请英文老师来代课，但一时之间去哪里找英文教师呢？他居然找来了自己的儿子上英文课。接着，他又邀请他的弟弟来担任国文老师，就是刚从日本早稻田大学回来的钱玄同先生。这位钱先生只比雁冰大九岁，自号"疑古玄同"，他提倡新思想，提倡一夫一妻、婚姻自由，他讲课口才流利，思维敏捷，滔滔不绝，风趣诙谐，给少年雁冰留下深刻印象。

对于代理校长钱念劬先生的一系列举措，原校长沈谱琴假装不知道，躲得远远的，任由钱念劬先生发挥。学生们觉得蛮新奇的，对这位钱老先生也仰慕敬重。

一个月很快就要过去了，钱老先生即将离开湖州，临别之际，他仍坚持批改学生作文。在众多作文中，他一眼看见雁冰的作文《志在鸿鹄》。这篇作文约五六百字，借鉴了庄子《逍遥游》中的寓意，写一只大鸟展翅高飞，在空中翱翔，嘲笑小虫和小鸟见识短浅。雁冰在文章中借对大鸟形象的描写，表现了自己的少年壮志；而且，文章的题目又与雁冰的名字暗暗相合，因此钱念劬对雁冰特别赏识，他知道雁冰的成绩是名列前茅的，而这篇文章更是思想高远、想象丰富、形象生动。他写下了满是赞许的批语：是将来能为文者。

一九一一年四月，黄兴、赵声等人在广州领导了黄花岗起义，终因寡不敌众而失败。然而提倡穿新的礼服，摘除瓜皮帽，剪去辫子，不再缠足，提倡用阳历，跪拜改为鞠躬等一系列新风俗开始在各地兴起。

"剪辫运动"也波及湖州府中学堂。雁冰和一部分同学认为，留着辫子是一种耻辱，是做奴隶的标志，而另一拨同学却持相反的观点，同学之间常常因为辫子问题而引发风波。

有一次,一位姓李的同学向另一位小同学挑战:"你敢不敢剪掉辫子啊?你如果剪掉,我立刻就剪掉。"

那位被挑战的小同学大声回答:"只要你剪了,我马上就剪掉。谁不剪谁就是狗熊,不对,是癞蛤蟆。"

"你才是狗熊加癞蛤蟆呢!我有什么不敢的?"李同学说完,拿出了剪刀做出剪的样子,但他其实并没有剪自己的,反而去剪小同学的辫子。

小同学原本要自己剪的,却被李同学剪得乱七八糟,愣住了。

李同学拿着剪下的长辫子,抛到半空中,辫子落在地上,李同学又上前去踩了几脚。

雁冰见李同学欺负小同学,非常生气,上前去阻止,替小同学捡起被扔在地上的辫子。

李同学挥舞着剪刀,说:"哎呀,你的头发也需要修剪一番啊。你看看你,把辫发剪短了,末梢还蓬着,像小姑娘似的,再看看你的头顶,只留手掌似的一块，多丑啊！来，我帮你修剪修剪。"

雁冰从不与人打架，而此时，他打落了李同学手中的剪刀，一场打斗即将开始。

就在这时候，上课铃声响起，也许是那位李同学看见雁冰比他高大，此时有了下台阶的机会，就自己收了剪刀，一溜烟跑了。同学们也都散了。

过后，那位李同学心有不甘，常常带着一群捣蛋的同学来惹雁冰。雁冰不想和他纠缠，决意要躲避他。

他听叔祖家的儿子凯叔说起嘉兴府中学堂，听说那里的教员和学生是平等的，师生之间就像是朋友一样，于是雁冰就有了转学到嘉兴府中学堂的念头。母亲也同意了。

一九一一年，十五岁的雁冰离开湖州府中学堂，前往嘉兴。

从嘉兴到北京

一九一一年九月，雁冰如愿进了嘉兴府中学堂，插入三年级学习。

当时，这个学堂的大部分教师都是留学回国的进步人士：校长方青箱当时暗中当了同盟会成员；国文教员朱宗莱先生是图书馆事业家，他把自己的藏书带到学堂，在学堂建立了图书馆，供学子们阅读；教文字音韵的马幼渔先生，是文字学家；讲授中国史学概论的朱希祖先生，是史学专家，一直倡导破除迷信、剪辫放足、禁止鸦片和办新学堂。

开学仅仅一个月，一九一一年十月十日，辛亥革命的炮声敲响了清王朝覆灭的丧钟。校长方青箱联合湖州府中学堂的校长沈谱琴，把学生武装起来，在湖州和嘉兴两座城里组织反清运动。

当时，大多数同学跟随校长和老师加入了反清运动，大家约定不可以告诉家长。雁冰也没告知自己的母亲。

但也有小部分同学告诉了家里，家里的老人说，参加反清运动要被杀头的，那些同学听了自然非常害怕，他们私下里组织了一个反对学校老师的秘密会议。这个会议还印发了券，凭券才可以入场。

凯叔、雁冰和其他几位拥护反清运动的同学决定混进这个秘密会议，搅乱这几位同学的计划，于是他们想办法去弄券，好不容易弄来两张入场券。

有一位高个子同学提议："只有两张券，混进去两个人没用的，他们人多，一两个人的声音会被淹没。"

凯叔说："那我们想办法自己印券，我们每个人拿一张券，大家一起进去。"

高个子同学说："要印几张券不算难，难的是上面还要盖红色章。没有盖章，一眼就被认出，还是进不去的。"

凯叔说："盖章的事情交给雁冰啊，他一会儿就能刻好一个图章。"

雁冰果然很快刻了一个图章，盖在印刷好的券上，和那两张一模一样。同学们拿着仿制的券顺利地混进了秘密会议。秘密会议被搅黄了，同学们很高兴，雁冰也很高兴，没想到刻图章还能有这个作用。

到了一九一一年十一月七日，嘉兴城里清政府的官员逃跑了，城里的人家都挂了白旗作为信号。

下午二时左右，嘉兴的一个地主名叫夏老四，头发蓬乱地跑到大街上，大声叫唤，说清政府派兵回到了嘉兴，哪家挂着白旗，就要抓起来杀头。他一边跑一边挥舞着手，很惊恐的样子，鞋子都掉了还在跑。嘉兴南门外很多人都看见了，就开始惊慌了，纷纷把白旗收回去，唯恐被杀头。

这种畏畏缩缩的行为更激起了学生们反清的

斗志。一九一一年十一月下旬，学生们自发组织起来要参加北伐，以此报国，报名非常踊跃，雁冰也在其中。老师们则带领学生加紧军事训练，教几何的数学老师计仰先还率领学生前往杭州助攻府台衙门。

不久，南京也起义并取得了胜利，消息传到了嘉兴，学生军也就解散了。经历辛亥风波的学校决定放假了，雁冰回到久别的乌镇。

弟弟沈泽民知道了哥哥学堂里的事，投来敬佩的目光，他对去外面的世界闯荡充满憧憬。令雁冰觉得意外的是，母亲并没有像其他人一样表示担心，只是叮嘱雁冰要注意安全。雁冰知道，母亲是一个坚强的人，只要孩子们做正确的事，那么母亲的内心并不惧怕什么。

十二月，学校重新开学，教员队伍有了不小的变化。一部分教员离开学堂另谋高就，同时也迎来了新的教员，其中一位新来的学监叫陈凤章。他一来，就说要整顿"学风"，学校的氛围变得紧张起来。

同学们纷纷发牢骚：有的认为，从前的学校

师生平等，亲如一家，如今却把学生当管制对象了；有的认为，毛病就出在这个新来的学监身上，他不知道哪里来的"官僚"风气，当自己是个"大官"了。

大家议论纷纷的时候，忽然有一位同学打开抽屉，看见了一只死老鼠。这只死老鼠很肥，估计是吃了角落里撒的老鼠药，吃了之后到处乱窜，最后死在了抽屉里，死得有点难看。

当时学生们看见老鼠都不会大惊小怪，大家早已习以为常。半夜觉得额头上有鸟在啄，想都不用想就知道，是老鼠在光顾床头。半夜起身穿鞋，一脚伸进去，鞋子内却有个活物，叫一声，哧溜就不见了。想都不用想，是老鼠把鞋子当成了窝。第二天早晨醒来，鞋子里还能倒出几粒老鼠屎。

所以，当大家在抽屉里发现死老鼠之后，凯叔就拎着死老鼠的尾巴，晃荡晃荡，问："怕不怕？你们怕不怕？"有几个胆小的同学假装冷静地说怕，然后走开了。胆大的同学夸张地说："怕，怕得要死！哼，我们剪辫子杀头都不怕，还怕死老鼠？"

雁冰不动声色地吟道："硕鼠硕鼠，无食我黍！三岁贯女，莫我肯顾。逝将去女，适彼乐土。乐土乐土，爰得我所。"

凯叔一听，哈哈笑起来，他大声地说："有了，对付新学监的方法有了！大家想一想，学监会不会喜欢这《诗经》里的'硕鼠'？不如，送给学监作为礼物？"

几位同学立刻表示赞同。

凯叔一听，马上拿出了一个红色的封套，这原本是包在书上的，他拆了下来，把死老鼠装进去。然后他说："雁冰，来，你来写几句诗，我去送给学监。"

其他几位同学附和着："我们一起去送'老鼠大礼包'。"

雁冰举起毛笔，在封套上题了几句《庄子·逍遥游》里的句子："北冥有鱼，其名为鲲。鲲之大，不知其几千里也；化而为鸟，其名为鹏。鹏之背，不知其几千里也。"

一位同学看了大笑说："哈哈，宿舍有鼠，其名为灰，灰之大，不知几斤几两也。"

所有同学都跟着笑。然后，大家笑着，簇拥着凯叔去了学监办公室，偷偷把"礼包"放在学监的办公桌上。

大概傍晚时分，学监怒气冲冲地冲进宿舍，问："谁？到底是谁？摆个死老鼠在我台子上，我还当是什么好吃的，伸手去拿，结果捏着个死老鼠！到底是谁？快站出来！"

没人站出来，同学们鸦雀无声。学监暴怒，决心要查出调皮捣蛋的学生，必定严惩，但一时没能查出，这事只好暂时搁置。

一九一二年，十六岁的雁冰转入杭州私立安定中学继续读书。七月，雁冰从安定中学毕业，是私立安定中学第八届毕业生。

一九一三年，曾经担任雁冰老师的卢学溥在北京任北洋政府财政部公债司司长。在他的鼓励下，雁冰决定去北京读书。他大胆地报考了北京大学预科，结果如愿考上了。

八月中旬，十七岁的雁冰前往北京求学。虽然他没能像父亲期待的那样学微积分，学技能，学科学，但母亲陈爱珠认为，只要是学业有成，成为对国家有用的人，父亲也一定会为雁冰感到骄傲的。

当时北京大学校长由湖州人胡仁源代理，预科主任是沈步洲，历史教师是陈汉章，还有两位教师：一位是沈尹默，他曾经在湖州府中学堂任教，担任过雁冰的国文教师，对雁冰十分熟悉和欣赏；还有一位是朱希祖，也曾经在嘉兴府中学堂担任过雁冰的史学教师，对雁冰也十分熟悉和欣赏。

雁冰在北京得遇恩师，又增长了见识，他更加勤奋地学习。每逢星期日，他都到卢学溥的公馆里读书。卢学溥把雁冰当成自己的嫡传弟子照顾，把自己最珍爱的竹简斋本二十四史也借给雁冰阅读，雁冰连放寒假都不回乌镇，在北京苦读了三年。

雁冰十九岁那年，一九一五年五月九日，袁世凯公然接受丧权辱国的"二十一条"，全国人民一片愤慨，北大学子们也纷纷抗议。十二月，袁世凯复辟帝制，改国号为"中华帝国"。

一九一六年三月，袁世凯迫于民意，在北京宣布取消帝制，这场称帝丑剧在一片唾弃声中收场。

就在这年暑假，二十岁的沈雁冰毕业于北京大学预科第一类。恰同学少年，风华正茂，但雁冰深知，家中无力再支付他继续深造的费用，于是决定结束自己的学生生涯。他请求卢学溥帮忙介绍工作。

卢学溥考虑到雁冰文采出众，就介绍雁冰去上海商务印书馆工作。

一九一六年八月，雁冰来到上海，在上海商务印书馆开始了人生的第一份工作。

以"茅盾"为笔名

　　青年雁冰热情地投入到商务印书馆编译所的工作之中,他最开始主要是从事文学理论的探讨、文学批评和外国文学的翻译工作。

　　不久,雁冰开始在国文部当孙毓修老先生的助手,翻译通俗读物。他工作效率高,一个月就译完了一本,取名为《衣》,接着又译完《食》和《住》,这是一套通俗生活读物。他还和孙毓修先生一起编辑了一套"童话丛书"。这套丛书很特别,孙毓修先生从一九〇九年开始就负责这套丛书的编辑工作,那时候,"童话"的概念刚从日本引进,这套丛书的出现,是"童话"一词首次出现在国人的视野中。尽管这时候人们对"童话"的理解与后来的童话体裁有区别，但他们的工作却也为童话的发展走出了关键的第一步。为了做好"童话丛书"的编辑工作，雁冰搜集古代寓言，编写传记故事，还翻译介绍科学幻想作品。一九一八年，雁冰拿起笔，开始撰写童话故事，他创作了童话《寻快乐》《驴大哥》《金龟》《飞行鞋》《怪花园》等十七个故事，这是他文学创作的起步之作，也是中国现代儿童文学的起步之作。

一九二〇年十一月，新文化运动深入开展，雁冰开始革新《小说月报》。

他曾邀请鲁迅先生为《小说月报》写稿，当时鲁迅先生还住在北京，雁冰和鲁迅先生之间就开始了书信往来。同时，他还与郑振铎、叶圣陶等人一同发起成立了"文学研究会"，宗旨是"研究介绍世界文学，整理中国旧文学，创造新文学"。雁冰以充沛的精力，投身于这场文学活动之中。

青年雁冰是什么时候开始用"茅盾"这个笔名的呢？时间到了一九二七年，当时第一次国共合作破裂，雁冰因为投入新文化运动，也遭到国民党反动派的通缉，他内心感到十分悲愤，于是拿起笔，写下了第一部小说《幻灭》。

这是一个关于梦想幻灭的故事。作品的主要内容围绕年轻的女性静女士展开，最初她对生活充满了想象和幻想，然而，残酷的现实一次又一次击碎了她的梦，她就在幻灭的轮回中挣扎。小说完成后，雁冰选了"矛盾"两字为笔名。很快，书稿到了《小说月报》编辑叶圣陶先生那里。叶圣陶先生连夜读完，觉得这部小说写出了时代的大场面，非常新颖，然而，他也注意到"矛盾"这个笔名特别引人注目。

"真是好名字啊！"叶圣陶先生感叹着，同时他也担忧，这个笔名太尖锐，容易引起当局的注意。叶圣陶先生本着对作者的保护，建议在"矛"字上加个草字头，姓茅的人不少，这样不会太引起别人注意，而且在发音上是一样的，也是作者本意。雁冰欣然接受了这个带有草字头的笔名，从此就一直以"茅盾"为笔名了。

书写时代

一九二八年,茅盾先生相继出版了《动摇》《追求》两部作品,和《幻灭》一起合为"《蚀》三部曲",在当时引起强烈的反响。

"我有点幻灭,但并没有动摇。"在上海,他真正完成了从沈雁冰到茅盾的成长与蜕变。在一九三〇年加入中国左翼作家联盟后,茅盾先生更像是换了一个人,用前所未有的专注开始了文艺活动和文学创作。

一九三二年,茅盾先生出版了描写乡村生活的短篇小说《林家铺子》。小说原名《倒闭》,讲述的是当时杭嘉湖地区一个小店铺老板的故事。林老板是一个谨慎的生意人,然而在日本帝国主义的军事压迫下，在国民党反动派官吏的敲诈之下，再加上地主高利贷的剥削，三座大山让他苦苦挣扎，也最终逃不过破产的命运。小说描写在时局动荡、经济萧条的社会背景下，江南农村及小城镇由盛到衰的故事，这些正是以茅盾自己的故乡乌镇为原型写的，小镇店铺老板的形象，也是茅盾先生从小就熟悉的人物形象。

同年十一月，"农村三部曲"中的第一部《春蚕》发表了，接着又出版了《秋收》《残冬》，这些小说中都有茅盾先生对于乌镇及周围乡村的深刻记忆。

一九三三年，茅盾先生出版了长篇小说《子夜》。小说以资本家吴荪甫的个人奋斗兴衰史为线索，写出了当时上海在帝国主义的侵略下，在腐败政府的压迫下民生凋敝、经济衰退的状况，人物具有现实生活中人物的影子，资本家、股票投机者、工人、地主、店东，还有农民，呈现了当时的各种社会矛盾和斗争。

一九三七年八月，他参与出版了《救亡日报》《呐喊》。

一九三八年三月，中华全国文艺界抗敌协会成立，茅盾先生被选为理事；四月，他主编了《文艺阵地》，同时还主持香港《立报》副刊《言林》。

一九三九年三月，茅盾先生到达新疆，在新疆学院任教，正好新疆成立文化协会，他又被推举为文协会委员长。

一九四〇年四月，他离开新疆，去延安鲁迅艺术文学院、陕甘宁边区文化协会讲学。同年底，他到达重庆，接着又去了桂林、香港，担任《大众生活》编委。

那些年，他几乎一直在各地辗转忙碌。

一九四〇年之后，茅盾又陆续完成了优秀散文《风景谈》《白杨礼赞》等，还创作了长篇小说《腐蚀》《霜叶红似二月花》。

一九四六年底至一九四七年四月，茅盾先生应邀到苏联访问。在此期间，他发表了《游苏日记》，出版了长篇小说《锻炼》、短篇小说《脱险杂记》等。

一九四九年七月，茅盾先生被选为中国文学

艺术界联合会副主席和中国文学工作者协会（后来改名为中国作家协会）主席。十月，担任中央人民政府文化部部长的职务，主编《人民文学》杂志。

一九八一年三月二十七日，茅盾先生病逝于北京。

临终前，他捐出二十五万元积蓄，设立了"茅盾文学奖"，以奖励优秀的长篇小说创作者。

乌镇回响

他,是曾祖父、曾祖母心心念念的曾长孙,是祖父沈恩培牵着手悠然走过乌镇小巷的孩子,是被父亲寄予实业梦想的学童,是在母亲期盼下长大的少年。

他受父母教导,受环境熏陶,有伯乐引路,更因他始终心怀希望,向明亮的地方走去。

他的成长,引人深思。

引用茅盾先生的一句话送给成长中的孩子们:

"青年!你们背上的担子是一天重似一天,你们的生命之火应向改造社会那条路上燃烧,决不可向虚幻的享乐道上燃烧。"

乌镇观前街的老屋中,油灯的光晕依然明亮,古戏台上锣鼓响起，铿锵有力，立志书院"有志竟成"的匾额犹在，昭明太子读书处春意盎然，乌将军庙前的银杏树迎来一个又一个灿烂的秋，中市河依然奔腾不息……那支桨，有着木的心、水的魂，它已经轻轻地划开水面，一只鸿雁在桨声中振翅飞翔，飞过飞翘的屋檐，飞向广袤的天空。